Hermann Bärthel

Fardig — los — Wiehnachten

Quickborn-Verlag

Die plattdeutsche Schreibweise
ist unverändert vom Autor übernommen worden.

10. Auflage 1990

ISBN 3-87651-076-7

Einbandzeichnung: Kurt Schmischke, Hamburg
Gesamtherstellung: Hans Kock Buch- und Offsetdruck GmbH,
Bielefeld

Wiehnachten mol anners

— is nich elkeen Wiehnachten anners as dat vörige? Anners woll, aber ok beter? Veele Minschen meent hüüt, fröher weer allens kommodiger, dor weer Wiehnachten noch würklich 'n Familienfest, dat mit 'n Harten fiert wurr statts blots mit Piepen un Glitterwark —. Mag sien — man hebbt sick nich ok de Minschen ännert? Ehr Bedregen? Ehre Drööm? Ehr Art, mitnanner ümtogahn?
Mi dücht, dat gifft keen goot oder slecht Wiehnachten — Wiehnachten is so as de Tiet, in de wi leevt; is so as de Minschen, de 't fiert; is dat, wat wi dor ut makt.
In miene Böker heff ick ok jümmers 'n poor Wöör över Wiehnachten snackt, man blots so an 'n Rand. To düsse poor Vertellen sünd hier nu veele niege dortokamen — mag sien, se hölpt Di altosamen, Dien egen Wiehnachten to finnen, wenn de annern Lüüd mol wedder in de Reeg staht un töövt op dat Kommando:

Fardig — los — Wiehnachten!

Hermann Bärthel

Schietenhilt

Ick harr jo noch ’n beten töven kunnt, man ehr datt di ümkiekst, is dat to laat, un ick will mi nich seggen laten, ick harr dor nich bitieden op henwiest — also: in söbentig Daag is Wiehnachten! Oder nee, stimmt gor nich — de Sünnobende und Sünndaag kannst jo nich mittellen, de sünd jo so un so Fierdaag, dor kannst jo nicks beschicken . . . sünd blots noch föfftig Daag. Un wat sünd al föfftig Daag, wat? Nicks, wenn di mol öberleggst, wo lang dat duert, ruttofinnen, wat Tant Bertha di verleden Wiehnachten schenkt hett. Un dat Geschenk vun Onkel Robert fallt di ok partout nich mehr in. Wenn denn noch nahrekenst, woveel Tiet elkeen Dag nahblifft, all den söten, herrlichen Tüdelkram intoköpen — is doch meist nich mehr as een, twee Stünnen an ’n Dag, nich? Un dat sünd tosamen doch denn nich mehr as so üm un bi söbentig Stünnen, also dree Daag.

Na, markst Müüs? Tjä, segg ick doch — schietenhilt ward dat al! Dree Daag — is jo rein lachhaftig! Wat kannst dor al beschicken? Tell mol mit: Blots in de City fohren, duert hen un trüch tominnst twee Stünnen, un wenn wi mol seggt, du makst dat blots dreemol — söss Stünnen weg. Dannenboom köpen — ok twee Stünnen, tosamen acht. Postkorten schrieven, Eten koken, Koken backen un ’n lütten Banköberfall — nochmol an de teihn Stünnen. Nu sünd wi al bi achteihn Stünnen. Un ick meen, söss Stünnen slapen an ’n Dag is doch würklich nich toveel, wat? Blots noch twee Daag nah. Nu kriggst al mit, wo dramatisch dat is, de Tiet bit Wiehnachten klook intodeelen — twee Daag!

Stell di mol vör: De Fruu mutt to 'n Putzbüdel un kann denn jo keen Eten koken. Vadder un Kinner brutzelt sick sülven wat, kriggt denn ennelk mol wat Anstänniges in 'n Liev, un 'n goods Eten maakt jo fix mööd, so fallt se twee Stünnen ut bi de Wiehnachtsplanung. Wat se nich doot, mutt Mudder mit beschicken. Twüschendörch kümmt noch ehr beste Fründin to 'n Koffeedrinken un is denn jo blots noch een Dag nah bit Wiehnachten — veeruntwintig Stünnen bit Hilligobend! Oder ok eendusendveerhunnertunveertig Minuten. Hest di mol klormakt, wo hippelig du warrst, wenn du noch nicks in de Gang sett hest för Wiehnachten, un is blots noch de poor Minuten Tiet? Büst denn sowat vun nervös un kaputt, datt du allens halv vergittst un mußt dat denn jo allens duppelt maken — blifft blots noch söbenhunnertuntwintig Minuten. Man söbenhunnertuntwintig Minuten, dat is jo dat reine Affentheoter! As in 'n Zeitraffer scheest du nu dörch de Gegend un is echt Mord — wenn di dor nich twee Stünnen in de Puuch haust — Wiehnachten makt doch lebennig veel mehr Spoß! Sösshunnert Minuten is allens, wat di bleven is nu. Nich to glöven, teihn Stünnen. Un nu segg mi blots mol, wo dat anstellen wullt! Hüüt hest doch meist allens verplant, nich? Un sogor, wenn du bit hüüt obend Klock söss noch 'n Stünn rutslagen kannst — is dor noch wat mi antofangen? Nee, Lüüd, enerwegens stimmt dor wat nich. Glieks sünd wedder fiev Minuten rüm. Ümtrecken mußt di ok noch. Also mit Wiehnachten hest di dütt Johr bannig vergalloppeert. Un wenn ick di nu nich Bescheed seggt harr, denn harrst vun de ganze schöne Fier afsluut nicks mitkreegen. Denn aber mol fix — Wiehnachtsplatt opleggen, Gardinen to, Lüchten anzünnen un mit

de lütte Klock bimmeln. Is di nich al heel fierlich tomoot nu? Na, denn hett dat jo doch noch klappt düttmol, un ehr datt wi nu al anfangt to singen, segg ick ut vullen Harten: Fröhliche ... hehehe, kiek mol, wat ick hier jüst lees in de Zeitung: Heute großer Familientag im Kaufhaus Sowieso — planen Sie jetzt für die schönste Zeit des Jahres ... de sünd jo woll mall, de Lüüd! Dor mööt se aber fröher opstaan, nich? De Been utrieten köönt wi uns jo nu nich!
Man so is dat — keen beten Planung hebbt de, allens op 'n letzten Drücker ... Oktober un Wiehnachtsmann, datt ick nich lach! Wat wi nöödig brukt, is dat Christkind in 'n Mai!
Man mi dücht, wenn wi uns düsse Schlamperee beden laten doot — denn hebbt wi dat woll ok nich beter verdeent ...

Advent — Advent

Nee aber ok, is di dat mol 'n eenmolig schööne Tiet, de Vörwiehnachtstiet! Vull Geheemnissen un Överraschungen, kummst gor nich mehr to Roh. So lang, as ick trüchdenken kann, hett düsse Tiet för mi aber ok wat Bedrohliches an sick. In de Hauptsaak hangt dat mit den Julklapp tosamen — nah mien Lexikon „Zustellen eines verpackten scherzhaften Geschenkes". Also ick kunn dat nie nich so „scherzhaft" finnen. Elkeen Mol, wenn dor wedder so 'n Julklapp op mi tokeem, güng dat grote Gruveln los, wat 'n dor blots rinpacken schull. Fröher in de School weer mit düsse Pakettüdelee ok bannig veel Arger vermakt — ick kann mi noch heel good besinnen: An 'n letsten Schooldag vör Wiehnachten keemen de Gören all ansleppt mit grotartige Kisten un Kassen, un ok ick harr mi jümmers veel Müh geven, so mit Dannen, Lametta un anner Glitterwark un miene Julklappgeschenke weern so fein, datt ick se an leevsten sülven beholln harr: ick weer al domols 'n vörsichtigen Minschen. Un wo recht ick dor mit harr, wies sick denn wedder un wedder bi 't Utlosen un Utpacken. Dor kunnen noch so veele staatsche Julklapppakete sien — ick kreeg egolweg dat lüttste un schedderigste. Vun Kind op an weer also Julklapp de grote Frust för mi.
Dat hett sick ok laterto nich ännert. Blots datt ick denn trüchslaan dee. Dor geev dat kumplette Julklappepisoden, de över veele Johren leepen. To 'n Bispill in mien 'n Sportvereen — jo, brukst nich to lachen, ick bün ok mol in 'n Sportvereen west; oder doch tominnst de Hälft vun miene eenhunnert-

veerunföfftig Pund —. Jo, mien Fründ Ferdl un ick, wi weern in Handballvereen, un uns Trainer Hans keem Johr för Johr mit sien tücksche Julklappfidelität an. Nu dreep sick dat een Wiehnachten, datt ick al lang 'n Book liggen harr, dat noch vun mien Geburtstag nahbleven weer: Die Schlacht der weißen Schiffe. Weer noch tipptopp de Schmöker, denn wenn ick sünst ok allens lesen dee, wat mi in de Finger keem — mit düsse Swaart kunn un kunn ick nicks anfangen. Dat Telefonbook weer dor 'n echten Fetzer gegen. Man utsehn de dat eenmolig smuck. Kregen harr ick dat Book vun Ferdl; un ick glööv, he harr dat ok al to Geburtstag kregen, denn dat seeg so ut, as harr he in de eerste Raasch dor sien 'n Namen rinkliert, em denn aber gau wedder utradeert, as he mark, wat dat för 'n stuur Gelaber weer.

Ick dat Ding denn also fein inwickelt un rin in 'n Julklapp. Ick seh Ferdl noch jümmers vör mi, as he dat Wunnerwark vull Spannung utwickeln dee — dat Los harr em mit vulle Wucht dropen. He keek mi an, as wull ick sien Mudder vergiften un hett den ganzen Obend sinneert, wat dat woll mööglich weer, datt vun düssen Prachtband mehr as een Stück in 'n Hannel weer. Na, ick will dat kott maken — in 'n April harr uns Sportfreund Egon Konfirmatschoon, un weer denn vun de witten Scheep oberrullt. Heehe, du denkst, nu is Sluss? Vunwegen! Egon weer ok keen Dööspattel, un Wiehnachten fullen mi bi 'n Julklapp meist de Ogen ut 'n Kopp — vör mi leeg nieg un piekfein „Die Schlacht der weißen Schiffe". Ferdl hett sick vör Lachen sien Tass Kakao över 't Hemd gaten un Egon keek mit runde Ogen an mi vörbi. Ick heff dat denn Walter to 'n Geburtstag schenkt. Walter keek mi suur an un meen, dat harr he al tweemol un ick schull dat man driest wedder insteeken. Dor heff ick dat Bumerang-Book denn ennelk beholln. Un so veele Böker mi ok annerwegens afhannen kamen sünd — „Die Schlacht der weißen Schiffe" — weer vun dor an fasten Bestanddeel vun miene Bibliothek.

Un wenn ick mi dat hüüt ankiek . . . egenartig — dor fallt mi in . . . heff dat Book lang nich in de Hand hatt . . . segg mol, dat is doch nich amenn noch in de Grabbel kamen —? Dat schööne Book?? Dat will ick di seggen — also wenn dat nich mehr dor is, denn gifft dat aber Trabbl tohuus! Is doch 'n Schann, sowat! So 'n grootartiges Book un nu is dat weg! Wo ick dat doch mol bi 'n Julklapp wunnen heff un hangt so veele wunnerbore Jugenderinnerungen mit tosomen — öberhaupt Julklapp . . . wat hett dat jümmers för Spoß makt! Düsse Överraschungen, nee, sowat gifft dat nich wedder . . .

Mann, wenn ick doch noch eenmol Julklapp mitmaken kunn un mit Schangs wedder „Die Schlacht der . . ." — na, laat wi dat, vörbi is vörbi . . .

Geschenkeritis

Nu is dat to laat. Ick meen, ween Se dor nu erst op kaamt, denn hett dat meist keen Sinn mehr. Klor — gifft immer Lüüd, de nu erst markt, wat los is. Man de rechte Art is dat nich, dat mutt mol seggt warrn! Wi köönt jo doch nich so don, as kregen wi dat erst hüüt to weten! 'neem nich 'n ganz Sturen is, de weet al Bescheed, wenn he noch dörch sien „Sommerfrische" lustwannelt un de Sünn hoch an 'n Heben steiht. Denn kümmt he viellicht bi 't Spazeerngahn an 'n poor feine Ladens vörbi un kiekt sick so düt un dat in de Finsters an, un denn — denn leest he op eenmol 'n lütt Schild, dat so heel schamig in de achterste Eck steiht: UND IST DER SOMMER NOCH SO FEIN — ES WIRD AUCH WIEDER WEIHNACHT SEIN! GERN SENDEN WIR IHNEN SPÄTER, WAS SIE HEUTE BESTELLEN!

So, dor schüttkoppt nu uns Urlauber un kriggt miteens kolle Fööt, wenn dat ok liekers noch fievuntwintig Grad in 'n Schatten sünd.

Oder ok nich; kümmt op an, wat he för een is.

Denn dat gifft dree Klassen vun Lüüd, wat de „Geschenkeritis" angeiht.

To de eerste Klass hört de to, de sotoseggen 'n latenten Wiehnachtskoller hebbt. Düsse Minschen doot mi vun Harten leed, denn se hebbt bi uns Wiehnachtsrummel mol fix een mitkregen. Wenn de in 'n August dörch 'n Sommerschlußverkauf suust, denn hört se op eenmol 'n lütte Wiehnachtsklock bimmeln un seht de billigen Sommersandalen al ünnern Dannen-

boom liggen. De „Leidtragenden" sünd de Lüüd ut de Verwandschaft, de weet in 'n Dezember nich recht, wat se mit de Sandalen anfangen schüllt.
De tweete Klass, dat sünd de Gehaltsempfängers, Minschen as du un ick. De hebbt in 'n November ehr slimmste Tiet. Wenn se ok dat ganze Johr mit ehr Inkamen utkamen sünt — nu, wo dat Wiehnachtsgeld gifft, fangt de Arger an. Dat hangt mit den komplizeerten Computer tosamen, den se in de Bost hebbt, dor, 'neem de Lüüd fröher dat Hart sitten harrn, un mit den se utrekent, woveel se för den und den utgeven mööt, wiel datt se vörigen Wiehnachten vun den un den för so un so veel kregen hebbt. Un dat 's noch nich allens — se mööt ok noch bedenken, datt wedder allens dürer worden is un datt se sick tweetens jo ok nich lumpen laten wüllt. Se meent, se mööt 'n lütt beten mehr utgeven as se sülben kregen hebbt. An düsse Sorgen hebbt de Lüüd swor to drägen, un so kümmt dat, datt de mehrsten Lüüd in de Wiehnachtstiet grantig utseht.
De twee Weken vör Wiehnachten noch nich grantig utseht, sünd de ut de drütte Klass. De doot so, as güng se dat allens nicks an. De hebbt annere Saken in 'n Kopp as düsse Beknackten ut de eerste un tweete Klass. To 'n Inköpen hebbt de keen Tiet, denn se sünd de, de Geschenke verköpen wüllt. Un dorför brukt se 'n kloren Kopp, vun Juli bit Dezember. Se sünd de groten mackers, de de Portemonnaie-Marionetten zappeln laat, se hebbt den Glitterquark anröhrt, wo de annern noch in 'n Januar nah speien doot, düssen Quark ut Glimmer, Licht un Engelshoor ut Kunststoff.
Man denn — un dat deit goot, dat to sehn — denn kaamt se doch noch an de Reeg: Twee, dree Daag vör Wiehnachten, dor

kümmt dat miteens över jem; denn loopt se dörch de Gegend as Höhner ohn Kopp. Un ganz aasig ward dat an 'n Hilligen Obend, so twee Stünnen vör Middag. Denn rast se mit flackernde Ogen dörch de Geschäft un ramscht tosomen, wat noch nahbleeven is, op dat Geld kümmt dat jem jo nich an.
So bi lütten wunnert Se sick woll un seggt: Dor fehlt doch noch wat!?
Stimmt. Gifft noch 'ne veerte Klass.
Dat sünd de Minschen, de so ganz anners sünd, de den Swinnel nich mitmakt, de weet, wat speelt ward, de sick nich manipuleern laat, de sick Wiehnachten noch von Harten freien köönt — in anner Wöör:
Dat sünd Se,
un Se,
un Se,
un Se,
un Se
un Se.
Mehr aber ok nich!
Fein, datt Se dorbi sünd, nich?

Gröne Probleme . . .

Na, hebbt Ji al ’n Dannenboom?
Wat — noch nich? Mann, denn so ward dat aber Tied! Nicks as los, anners kriggst womöglich keen mehr af!
Achso, wullt keen mehr hebben, dütmol? Vunwegen de Priesen? Jo, dor hest recht mit, dat kann ick verstahn. Aber de Kinner, an de muttst doch ok denken dorbi! Wo de sick dor doch so dull to freit! Nich? Un de Besök — wat schall de wohl denken, wat? Sühst wohl.
Nee, kümmst wohl doch nich üm rüm. Beter glieks ran, denn hest dat achter di. Denn dat is jo so al swor noog, mit düsse „Dannenboom-Problematik“ fardig to warden.
Tjäwoll! Heff ick seggt! Pro-ble-ma-tik! So is dat. Nu segg blots, dat gifft dat bi Ju tohuus nich! Ha, dat kannst een vertellen, de keen Knöpp an de Büx hett! Muttst Di doch mol överleggen, wat dor allens op Di to kümmt: Frog Nummer een: Schall dat ’n groten oder ’n lütten Boom sien? Groot! jucht de Kinner, in’n groten Boom hangt mehr Kringel in! Man blots nich! seggt Mudder, ’n groten Boom makt so veel Dreck, wenn he nadelt! Un Vadder meent, he wull op keenen Fall al wedder niege Dannenboomkugeln köpen; de ollen mööt langen — denn leever ’n lütten Boom!
Frog Nummer twee — Schall dat ’n Eddeldannenboom wesen oder nich? Vadder seggt meist nicks mehr nu, de Schreck is em in de Been fohrt. Mudder verklort, datt düsse Art Dannenboom nich so dull nadelt, un överhaupt — süht doch fix nah wat ut, nich? Wo doch de Nabersch vun nebenan ok . . . un

denn de Besök, also würklich ... De Gören is dat egol, Hauptsaak, se kriegt 'n fein groten ...
Frog Nummer dree – 'neem stellt wi em op? Neben dat Schapp! röppt de Kinner, denn so köönt se later, wenn dat nüms süht, op dat Schapp krabbeln un ok mol de Kringel ut de Spitz probeeren! Dor achter, in de Eck ..., sinneert Vadder, denn kannst em glieks sehn, wenn du in de Stuuv kümmst! Op keenen Fall! winkt Mudder af, in de Eck fallt all de Nadels op 'n Teppich – de mutt an de Balkondöör, 'neem keen Teppich liggt!
Sowiet geiht dat jo allens noch. De Boom ward köfft un köst blots duppelt so veel as Vadder utgeven wull, un tohuus hebbt se em ok al. Vadder hett sick ok blots een vun sien niege Handschoh mit den smeerigen Backskrom an'n Dannenboom insuddelt un sien niege Büx is ok al in de Reinigung. In dat Dannenboomdrama gifft dat nu 'n Paus bit Hilligenobendmorgen.
So üm Klock ölben, twölf, vörmeddags, makt sick Vadder op den Weg nah sien Axt, de he oplest verleden Wiehnachten brukt harr. De Axt kann he nich finnen, man he findt 'n Saag – beten lütt, aber naja –.
Datt de Saag stump is, markt he so gegen Klock een op 'n Balkon. Man snieden kannst di ok mit 'n stumpe Saag –.
Aber Vadder is jo düchtig. Tominnst schimpt he so.
Nu de Foot. De Dannenboomfoot! De Foot!!!
Ünnen op de Straat blievt de Lüd stahn un kiekt to em rop. Hett he wat mit sien'n Foot? Aber dor steiht he jo! Mudder harr em doch al lang op 'n Balkon stellt! Düsse Mannslüd ...
Da – de Foot is scheev! Oder de Dannenboom! Oder kiekt

Vadder scheev —? Mudder seggt, nu is he good, fein grod ... nee, nu wedder nich ... Tjä, wat denn nu? Na, oplest steiht he denn doch, un wenn du di op de Finsterbank stellst un em vun dor anplierst, denn is he man eenmolig grod is he ...
So, nu all dat Glitterwark opbummeln — 'n Staat is di dat! Nu de Lichten noch ... mol eben de Lichtholler ... de — 'neem sünd de Lichtholler??? Weg. De Familie geiht op Expeditschoon. Op'n Rumpelböön findt se dat Geschenk för Tant Frieda, dat se vör twee Johr umsünst söcht harren, 'n Doos mit Kringel vun verleden Wiehnachten un de Axt. Man keene Lichthollers.
'n Dannenboom ohne Lichten, 'n Schandaal is sowat jo!
Auah — wo hett Mudder sick nu ropsett? De Lichthollers weern dat, Gottlov!
De Sünn geiht op, nu, an'n Hilligobendobend, all strahlt se mit! Sogor Mudder, 'n beten. Probleme mit 'n Dannenboom? Ach wat! 'keen snackt dor noch vun!
Tschüs, ick mutt los, Dannenboom köpen — denn so: Feine Wiehnachten wünsch ick Se alltohoop!

De kritische Afstand

Also, ick mag eenfach nicks vun Wiehnachten vertellen, dor kannst di op ’n Kopp stellen!
Nee, nee, un nochmols nee! Also Lüüd — nicks för ungood, nich? Deit mi jo ok leed, un ick wurr jo geern ’n beten wat vun Wiehnachten verteIln, man — ick weet ok nich . . . mi hangt dat öberlang to’n Hals rut, düsse ganze Glitterquark! Is doch wohr! Mußt di doch mol vörstellen: In’n Oktober — weeßt doch, dor harrn wi doch so’n wunnerbores Weder — dor leep ick een Dag los un wull mi noch gau ’n Sünnschirm köpen, denn wenn ick bi uns buten sitt, knallt mi jümmers de Sünn so op’n Kopp — jo, also ick denn los un — mi dreep meist de Slag: Dor weern de al an’n Opbummeln togang mit jem ehre Wiehnachtsgirlannen! Meern in’n Oktober! Is sowat nu minschenmööglich, wat? Datt de Lüüd sick dat beden laat! Ick meen, dat kóönt de Lodeninhobers doch nich eenfach bestimmen, datt de Kunnen güstern noch op Ssörfbrett un Bikini los weern un sick nu vun een Dag op’n annern op Lametta ümstellt! Jo, klor — in mien’n besünnern Fall weer dat jo good; de Wiehnachtsdekoratschoon broch mi furts dor op, datt ick glieks den Bernsteinklunker för Ida afhalen kunn, den ick as vörsichtigen Minschen jo al in’n Juli anbetohlt harr — man sünst —? Is doch meist schenant, kümmst di vör as ’n Roboter, de nieg programmert ward! Un ick mutt jo ok togeven, datt dat to de Tiet noch so vull weer in de Ladens, un kannst denn fein sinnig un mit Nahdenken inköpen —. Aber för dien Binnenleven is dat afsluut nich good, op keenen Fall! Ick weet noch, wo ick

domols nah Huus suust bün un eerstmol 'n Wiehnachtsplatt opleggt un 'n poor Zimtsteern mampft heff!
Un dor heff ick mi vörnahmen, düttmol nich wedder op düssen legen Konsumterror rintofallen un de ganze Wiehnachtsseligkeit mol kritisch un mit Afstand to bekieken. Süh, un dat is ok de Grund dorför, datt ick hier nu op keenen Fall vun Wiehnachten snacken will — ick bün sowat vun cool un relaxed, dat kannst di gor nich vörstellen. Denn ick heff dat düttmol richtig makt: Ehr datt de beknackte Rummel losgüng, bün ick al in'n November losrast und heff allens inköfft för Wiehnachten, stuur un penibel. Heff nicks vergeten, allens richtig plant, un mi gor nich üm schert üm dat Schüttköppen vun de annern Lüüd, de jo nich marken, wo tücksch se to Wiehnachten wedder utquetscht warrn schulln. Veer Daag heff ick brukt, un denn kunnen se mi all mol fix. Un denn heff ick mi hensett un grient un harr dat wunnerbore Geföhl: Düttmol bün ick buten vör! Ick bün plietsch!
Mußt ok mol versöken, echt stark is di dat. Tokieken, wo de annern sick as op Kommando un mit „Oh du fröhliche" de langen Sünnobende üm de Ohren sleit, manipuleert ward, as Höhner ohn Kopp twee — wat segg ick — dree, veer Daag lang nicks doot as inköpen un hebbt denn gor nicks vun de selige Wiehnachtsstimmung —.
Neenee, mit mi nich. Un ick kann mi wohren, dor noch womöglich mit bitodragen, indem datt ick hier wat vun Wiehnachten vertell, hehe, so seh ick ut! Öberhaupt — ick finn dat 'n Schann, datt Wiehnachten hüüt blots noch op Köpen, Schenken, Eten un Drinken rutlöppt! Dor weer dat doch fröher beter . . . wo ick as lütten Jung mit rode Backen den

Wunschzettel an'n Wiehnachtsmann schreev — jüst so'n knütterigen Zettel as düssen hier: Ziehharmonika, elektrische Eisenbah . . . woso Kardamom —? Hier steiht Kardamom. Un Pottasche. Un Nööt. Un Lametta . . . wat schall dat denn —? Och nee — wat hett Ida mi dor denn noch allens opschreven?? Dor bruk ick jo twee Daag lang, dat allens intoköpen! Phhhh. Na, denn hölpt dat jo nicks — man ick bün tominnst froh, datt ick hier nich stünnenlang vun Wiehnachten labert heff — vun fröhliche Wiehnachten snack ick nich lang — — de wünsch ick Se, un Se, un Di, Solveigh, Friedel un Erika, Günther, Herbert un Ji all tohoop — Frohe Wiehnachten!

Zimt-Drama

Also Wiehnachten is jo goot un schöön, wenn dor blots nich jümmers düsse Kekskalamitäten mit vermakt weern! Grugel ick mi al dat ganze Johr vör, un denn enerwegens in 'n Oktober, denn is dat so wiet: Schuuv al mit duster Ahnungen den Supermarktwogen dörch de Alleen vun Dosenarften, Seep un Limonaden - dor sleit dat Schicksol denn to: Vör mi 'n niege slickerbunte Extraeck mit 'n knisterklörigen Wiehnachtsheven vull Kekse! Ick mark furts, wat mi dat Water in 't Muul schütt un krigg denn miteens wedder düsse gierigen Tatterhannen, miene Tähnen fangt an to gnastern un bün denn jo blots noch 'n willenlosen Speelball vun den legen Konsumterror ut Nööt un Schoklood —. Gifft jo op de spiritistischen Sitzungen de Medien, dat sünd Lüüd, de mit dat Jenseits op Du un Du staht, mit jem snackt, 'n barg krusen Kraam parleert un denn, nah dat Geistermeeting — weet se dor nicks mehr vun af! As harrn se nicks sehn, nicks seggt un nicks doon! Jo, un jüst so is dat ok mit mi: Wenn ick nah dat Inköpen denn an de Kass stah — allens vull Kekse in mien Korv, as wull ick morgen al Wiehnachten fiern. De Lüüd üm mi rüm denkt denn seker, datt ick 'n heel vörsichtigen Minschen bün un nu al för Wiehnachten vörsorg, man wenn ick denn mit dat Zimt — un Honigvergnögen nah Huus kumm, denkt Ida ganz wat anners. Un se denkt dat nich blots, se seggt dat ok noch! Datt ick 'n haltlosen Kirl bün, 'n Slickermuul, een de sick nich in 'n Greep hett un so wieder. Begriept se eenfach nich, datt dat Leckerwark vör Wiehnachten doch an besten smeckt, datt ick mien 'n Magen doch blots sukzessive dor an

wennen will, datt ick ehr 'n lütte Freid maken wull — dat lest heff ick blots eenmol seggt; dor hett se mi ieskolt de ganzen Kekse wegnahmen, dröög „Danke" seggt, un ick heff dor nicks vun weddersehn —.
Aber miene annern Argumente — dor is doch wat an, nich? Un se smeckt jo würklich eenmolig, de Wiehnachtskekse in Oktober un November . . . sünnerlich een spezielle Art vun Zimtsteern hett mi dat andoon, dor hett sick düsse Firma in Hannover nah mien Meenen echt mit rehabiliteert, also hett se den Ministerpräsidenten, den se vörher makt hett, hett se den wedder mit utbögelt, sotoseggen —. De Arger is blots de: Nehmt wi an, ick kööp mi dat eerste Mol in 'n Oktober so twee, dree Packungen. Goot. Dat neegste Mol aber sünd dat al dree oder veer, denn de Sucht hett mi jo denn al gräsig in de Poten, jo un wenn ick so wiedermak, denn sünd de Zimtsteern in'n November miteens alle! Utverköfft! Un nu fangt jo mien Martyrium an: Kriegt se noch welk wedder rin oder nich? De Verköpersch seggt „jo", mien Kopp seggt „nee". Denn dor bün ick al mol böös mit rinfullen vör twee Johren. Dor harr mi de Verköpersch ok toseggt, datt se förwiss vör Wiehnachten noch welk wedderkregen un ick heff den ok töövt bit in den Dezember rin. Un denn see se opmol: Nee, dat ward nu doch nicks mehr mit de Zimtsteern!
Ick kann di seggen, dor bün ick aber lospeest! Daaglang bün ick dörch de Ladens un Koophüüs suust un heff mit veel Möh un Tung ut 'n Hals grood noch teihn Schachtels tosamenkregen. Is meist so 'ne Situatschoon as wenn du op de Börse spekuleerst — schallst du noch töven un denn billiger köpen as annerwegens oder glieks inköpen un denn jo mehr betohlen?

So kümmt dat, datt Oktober un November för mi echte Krisenmaand sünd. Man wenn denn allens klorgeiht in mien Inkööpsparadies, denn kümmt eendags jo de tweete Ladung an un denn slaa ick gnadenlos to. So üm den eersten Advent rüm is mien groote Wiehnachtsorder an de Reeg un ick fang an to reken: Noch veer Weken bit Hilligobend — dat sünd bi twee, dree Packungen in de Week so an de teihn Stück . . . to Wiehnachten een Schachtel för elkeen op 'n buten Teller — noch mol söben bit acht . . . to 'n Koffee Hilligobend, eersten un tweeten Wiehnachtsdag tosamen veer, fiev — dat sünd tosamen so an de dree - bit veeruntwintig Packungen Zimtsteern, seggt wie fievuntwintig. An de Kass fangt de Lüüd an to tuscheln: Gifft dat de Zimtsteern in 'n Sonderangebot? Oder ümsünst, as Werbung? Will he dormit 'n eegen Laden opmaken? Oder hett he een op'n Böön?
Ick mutt seggen, he hett. Denn op 'n vertrackte Wies geiht mien penibel Reken eenfach nich op. Poor Daag vör Wiehnachten stah ick mit grote Ogen vör de lesten twee Schachteln un krigg furts wedder düsse nackte Existenzangst. Un nich datt ick vörher nich op 'n Kien weer! As düsse Unkel vun Dagobert Duck weer ick Dag för Dag an 'n Inspizeern un Nahtellen — wenn ok blots de Zimtsteern. Man miene Söhns, de schreckt vör nicks trüch; Kekssabotaasch — dor hebbt se woll 'n richtigen Jieper op!
Na egol, op jeden Fall slidder ick denn Wiehnachten jümmers in böse Depreschoonen rin un gruvel den zimtsteernlos achter de schööne Vörwiehnachtstiet ran . . .
Jo, un wiel datt ick dat nu al so nipp weet, hör ick nu op mit Schrieven, mak mi 'n fein Tass Koffee un sett mi kommodig

mit 'n poor leckernöötige Zimtsteern an't Finster un frei mi öber den güllen Oktober . . .
Kumm man mol vörbi, ick laad di in to 'n poor . . . äh — to 'n Zimtsteern . . . oder 'n halven op jeden Fall . . . oh, ick glööv, ick bün gor nich tohuus — würklich schaad, nich? Wo ick di so geern to 'n Koffee inlaadt harr — na, annermol, nich?
In 'n April.
Oder Juni.
Oder so . . .

Slicht un eenfach

Slimm weer dat jo nich, datt de Bimmel in Dutt weer, denn to de Bescherung bimmeln bruk ick tohuus al lang nich mehr — kann vun Glück seggen, datt miene Jungs mi öberhaupt noch rinlaat in de Stuuv, Hilligenobend, blots — so'ne tweie Dannboombimmel süht jo nich so fein ut, un so bün ick denn los, niege köpen.
So mutt een tomoot sien, de sick för hunnert Johr harr infreeren laten un denn miteens wedder opsteiht . . . meist nich to glöven, wat sick dat mit de Johren allens verännert hett!
Wi mit uns olle Dannboomkugeln un Glitterbimmeln sünd echt achtern Maand. Hüüt hebbt se dat mit dat Slichte, Eenfache. Funkeln un Glittern is passé. Hangt Äppel rin un posseerliche Hottehühs ut Holt, de denn 'n starken künstlerischen Tatsch hebbt. Nicks mehr mit kitschige Glitterspitz, so mit engelige Föhnwellen an de Sieden.
Hebbt to de Natur trüchfunnen, de Lüüd, un wenn dat denn nu allens so slicht is, denn dröff — jo mutt! — dat op de anner Siet jo geern 'n beten düürer sien, nich —?
Eenfache Eddeldann för sösstig Mark, Lichten ut eenfach Immenwaß för twölf Mark, eenfache lütte Josephs ut Holt — all mit den sülvigen senilen Utdruck in'n Gesicht, eenfache Engels mit Catcherschullern un eenfache, blots lütt beten degenereerte Bambis — all originol un eenfach mit de Hand snippelt un teihn bit twintig Mark dat Stück —. Dannenboomfoot an besten mit 'n eenfach Speeluhr binnen: för hunnert Mark meist geschenkt.

Fehlt blots noch de eenfachen Minschen to, de düsse eenfachen Saken kööpt. Man de hebbt woll eenfach nich noog Geld, wat? Oder hebbt eenfach markt, wo eenfach dat is, de Lüüd mit de niege „Eenfach-Masche“ eenfach so uttonehmen as 'n eenfache Wiehnachtsgoos . . .

Geihst echt kaputt bi . . .

Vunwegen — gifft hüüt keen Obentüür mehr to beleven, un mußt dor extra för an'n Blauen Nil fohren!
De dat seggt, hett vun Tuten un Blosen keen Ahnung! Ick mutt dat weten, denn ick heff dat jüst an'n eegen Liev mitkreegen, in uns feine Hansestadt Hamborg, oha . . . De Ünnergang vun Pompeji weer dor meist 'n freedfardige Idylle gegen: Sünnobend in de Zittih — langen Sünnobend vör Wiehnachten — weeßt Bescheed nu —?
Datt ick an düssen Dag 'n Paletot köpen wull, harr mi wiss de Düvel ansnackt —. Klor, as vörsichtigen Minschen heff ick mien'n Wagen to Huus laten un bün mit de U-Bohn fohrt! Man denn, an'n Hauptbohnhoff, 'neem ick utstiegen wull: Dat letzt, wat ick noch eegenstännig doon kunn, weer, nah de Klock to kieken — halvig twee.
Denn keem ick mi vör, as in 'ne Büffelheerd, de Amok leep. Vun achtern kreeg ick 'n Kinnerkarr in de Knee, vun vörn 'n Paraplüh in'n Buuk un wörr denn gnadenlos de Rulltrepp ropquetscht; dornah dörch de Spitalerstraat dreven, 'neem ick gor nich henwull; kreeg in de Mönckebergstraat miteens 'n Knackwust in de Hand, de ick nich bestellt harr — weer ehr aber ok glieks wedder los un kreeg dor 'n Portschoon Semp för in'n Nacken, de ick nich wedder los wörr; keem dörch Tofall oder vigeliensche Stroomlööp rückwarts in'n groot Kledaaschenhuus, 'neem ick aber al bi de Slipsen un Hemden wedder dörch 'n annern Ingang op de Straat schaven wörr; för'n langen Ogenblick weer ick Mitglied in'ne türksche Fa-

milie un müss twee swatte Oliven slucken; seeg all de Tiet över mi de bunten Wiehnachtslichten – un dat nu al, in'n November, un füng jüst eernsthaftig an to glöven, ick wär al doot un in'n Heven – – dor güng dat miteens 'n Trepp dal, 'n Ünnergrundbohn keem ansuust, ick wörr dor mit rintrocken, un as ick ennelk Luft halen kunn, dor weer ick wedder tohuus –.
Also – mit mi nich noch mol!
Ick bün doch keen Masochist!

Kreative Wiehnachten

... I'm dreaming of a white Christmas ... is dat nich wunnerbor, wat? Dat Leed meen ick — nich mien Singeree.
Also ick heff jo 'n Faible för düsse eenfache, innige Wiehnachtsseligkeit —.
Tohuus dröff ick dat jo nich mehr singen, denn schickt se mi glieks wedder de Polizei op'n Hals; kannst aber mol an marken, wat de al verdorven sünd, öberhaupt: In de letzten Johren weer dat jo meist nich mehr to'n Utholln mit de Kommerzialiseerung vun dat schöne Wiehnachtsfest! De Geschenke kunnen gor nich spendobel noog ween, allens blots Repräsentatschoon. Un dat Hart, frog ick, neem bleev dat —? De Seel —? All de Leev, de se sick so dat ganze Johr opsport harrn, un wüssen denn nich, wohen dormit?
Man wenn du mit open Ogen dörch de Welt geihst, denn hest wiss ok mitkreegen, datt sick dat nu bi uns so suksessive ännert hett — jo, is wohr! Hebbt mehr un mehr to dat Wesentliche trüchfunnen, de Lüüd —.
Ick meen — bi uns tohuus, also wi hebbt dat jo sowieso nich mitmakt, düsse Protzeree, wi weern alltiets stark op de innern Werte ut ... Musik to'n Bispill, dor weern wi al mit togang, as dat noch nich so modern weer, un hebbt elkeen Wiehnachten een op Dschingelbells makt, jojo —. Mien Jüngsten mit de Vigelien, de Öllere mit de Blockfleut un ick op de Quetschkommod. Klor, dat duer sien Tiet, un in'n Oktober sünd wi al anfungen mit dat Ööven ... un eernsthaftig hebbt wi dat bedreeven, ohaoha! Gor nich üm kümmert üm de Navers öber uns,

de jo vull Freid jümmers vun'n Disch jumpt sünd — wenn ok nich so nipp in'n sülvigen Takt as wi mit uns Dschingelbells ... Un wat weern wi an'n Bosseln un Warken! Johr för Johr wat anners — harr mennigmol al lichten Epidemiecharakter —.
Den een Wiehnachten de Leesteken, to'n Bispill, de hebbt wi glieks in Serie makt, un denn Lüüd to Wiehnachten schickt, de al dachen, se kunnen uns nu ennelk vergeten . . .
Oder tweeunveertig Emalljeamuletten, wo de letzten teihn Stück denn blots noch eenfach gries weern — dat weer de eenzig Farv, de wi noch harrn, un dat schull jo nu ok nich wedder op Geldverswennung rutlopen! Dat weer ok jüst dat Mol, wo wi eerst in'n November anfungen sünd, un hebbt denn ok prompt vergeten, de Ränner vun de Metalldolers aftosmirgeln . . .
Tant Anna kann noch vun Glück seggen, datt se dat Ding över ehr Bluus bummeln harr — Blusen kannst jo niege köpen —. Man ünner de annern Ladies ut uns Familien- un Bekanntenkring weern welk, de harrn Oostern noch 'n Plaster op de Bost . . .
'n groten Erfolg weern ok de posseerlichen Smuckkasetten ut Holt mit de echte Buernmoleree dor op — weer 'n heel besünnern Stil, den wi funnen harrn, so richtig malade Blomen in gräsig giftige Klören; bannig goden Schutz ok gegen Inbrekers — de hebbt düsse Schachtels wiss nich anfaat —. Keem al so wiet, datt Öllern ehr Kinner dor Angst mit injogen kunnen un seen denn: Wenn du jezz nich auffe Stelle ahtich bis, denn kommp Onkel Hermann un schenkt dir ne Schmuckkasette! Wi hebbt blots noch artige Kinner in uns Verwandschaft nu. Nu bün ick dor mol bi un kann denn gau ok noch 'n poor

Tips geven för originol Öberraschungsgeschenke: Ick weet nich, 'keen op den Trichter kamen is, man uns Puzzles weern 'n Hit, dor snackt de Lüüd hüüt noch vun; wi hebbt för uns Frünnen Puzzlespeelen köfft, se vörsichtig opfingereert un denn ut den eenen Kasten twee, dree Delen rutnahmen un se in den nächsten packt un so wieder —. 'n spoßige Variante weer ok, 'n poor Puzzledelen nieg torechttosnieden un se denn wedder trüchtopacken.
Oder uns Eierwarmers — ümmer twee dorvun gegenannerneihen, so dat se baben un ünnen dicht sünd . . .
Un as heel persönliches Geschenk Schallplatten mit uns Monogramm oder Wiehnachtsgröten in de Rillen graveert — brukst aber 'n barg Gedüür to, anners süht dat nah nicks ut. Sowat schenkst denn beter mit de Post, denn köönt se di nich furts üm Hals fallen, wenn de Tonarm hoppelt as 'n Flummi . . .
Tjä . . . nu dee mi blots noch verlangen, datt ick 'n beten to de rechte Wiehnachtsstimmung bidrogen heff, un ick wünsch Se . . . un Se . . . un Se . . . un vör allen ok Di dor kommodige un höchstens lütt beten opregende Wiehnachten!

De Hilligen Twee Könige

Nee, oh nee – is di dat mol eenmolig schöön! Eerst Klock ölben, Hilligobend vörmeddag un nicks mehr to doon! Afsluut nicks! Hannes un sien Fruu sitt in de Stuuv, hört sick in't Radio fein jazzige „Jingle bells“ an un föhlt sick so richtig kommodig. Op'n Disch lacht de lecker Wiehnachtsklöben ut alle Rosinen, dorto dampt 'n gode Tass Koffee – de Jung speelt op de Straat . . .– Dor harrn se al lang mol op luuert, de twee: Wiehnachten ohn Jachtern, Bebern oder allens op 'n lesten Drücker. Hannes smökt al mol een vun siene Festdagszigarren, Lotti gluckst fidel öber 'n lütten Likör – Denn mol los mit Wiehnachten! Tovörderst aber bimmelt noch dat Telefon. Lotti steiht op, denn Hannes vun sien Zigarr weghalen – dat's jo direkt 'n Sünn, is dat jo.

– Lotte Bauer, guten . . . – wer ist da? Ach . . . Fruu Becker . . . dat is jo nett, datt Se . . . jojo, wi Se ok . . . wi –? Och nicks wieder . . . neenee, blots wi alleen, so richtig kommodig . . . jo, Klock fiev Bescherung – de Jung weer al hüüt morgen rein hippelig . . . un denn, dornah, Eten . . . klar doch – Karpen blau, is doch meist al Traditschoon . . . so, bi Se ok . . . is ja ok to schöön . . . jo . . . wünscht wi Se un Ehrn Mann ok . . . nich, meen ick ok . . . düchtig mol utspannen . . . wat meent Se? Wi schüllt wat –? Jo, worüm egentlich nich . . . wohnt jo blots twee Treppen utnanner . . . jo, geern, seggt wi so gegen Klock negen –? Achso . . . Se meent den Dag nah Wiehnachten . . . nee, deit mi leed, twüschen Wiehnachten un Neejohr sünd wi bi uns Öllern . . . denn doch hüüt obend . . . fein, freit wi

uns ... wi bringt ’n Buddel Sekt mit ... jo ... bit denn ... tschüüs ok, Fruu Becker ... tschüüs ...
Lotti leggt op. Becker, seggt se. Se hebbt uns inlaadt op ’n Sluck, hüüt obend.
Hüüt? Hannes schüttköppt. Hebbt doch gor nicks, wat wi jem schenken köönt ...
Lotti maakt dat Muul op un wedder to. Oh Gott ... dor heff ick gor nich an dacht ... wat is mi dat blots schenant ...
Kriegt se eben nah Wiehnachten ’n lütt Präsent ... Hannes lehnt sick wedder trüch. Is doch ganz fidel so’n lütten Klöönsnack ...
Büst du mall? Sowat geiht doch nich! Dat laat ick mi doch nich nahseggen, datt ick mit leddige Hannen op Besök gah, ick nich!
Harrst jo nich toseggen mußt ... Hannes nuckelt suutje an sien Zigarr. Nu is ’t so un so to laat ...
To laat —? Lotti kiekt op de Klock. Is man eben ölben dörch — bit een, twee hebbt de Geschäfte in de City noch open ... dor kunnst du noch bitieden ’n lütt ...
— Ick?? Neeneenee! Kummt nich in de Tüüt! Hannes pafft ’n beten wütiger.
Wat schall ick veel vertellen — Nah söss Minuten un tweeunveertig Sekunnen wischt sick Lotti tofreden de söben Tranen vun de Backen un schenkt sick noch ’n Söten in.
Hannes wischt sick op de Straat den Platterregen vun de Backen un jumpt in sien Auto.
Veddel twölf peest he al dörch dat grote Warenhuus un teihn vör twölf wöhlt he sick dörch de Geschenkartikel-Etoosch. Klock twölf langt he denn nah dat, wat he köpen schull: ’n lüt-

ten, bunten Nöötknacker ut Holt — praktisch un doch nüdlich. Noch dorto de leste in dat Regal — wat 'n Glück.
Dat meen ok Guschi Becker, den sien Fruu ok noch losjagt harr. Ok he greep nah den lütten Macker.
Hannes kreeg de Holtpopp an 'n Kopp tofaten. Guschi an de Fööt.
— Herr Becker . . .
— Herr Bauer . . .
— Dat is jo 'n Tofall . . .
— Jo, dat möögt Se woll seggen . . .
— Noch so laat ünnerwegens . . .
— Jo, Se ok . . .?
— Jo, hölpt jo allens nicks — wullen Se den Nöötknacker köpen?
— Egentlich jo . . . wi — dat heet, mien Fruu meen . . .
— Mien Fruu ok . . .
Se keeken sick an. Dat sünd so Situatschonen vun de du noch johrelang dröömen kannst . . .
— Hehehe, lacht Guschi. Is direkt putzig . . .
— Hahahah, lacht Hannes, dat möögt Se woll seggen . . .
— Dor harrn wi uns woll üm een Hoor den sülvigen Nöötknacker schenkt, he, he, he . . .
— Echt! Akkraat den sülvigen, hahaha . . .
Fiev nah twölf staht de Mannslüüd wedder op de Straat, de holten Macker wedder in 't Regol. Se sünd bannig an 'n Lachen un eenmolig döstig; de Friesenquell liggt glieks op de anner Siet, schöön warm is dat dor binnen un Klock twee makt de eerst dicht —. Un kannst di gor nich vörstellen, wat du slucken kannst, wenn du di beten Möh giffst . . .

In Lotti ehrn lichten Wiehnachts-Driedeldroom klirrt de Döörbimmel. Se fohrt hoch — needoch ... al Veer vörbi ... dat hett aber lang duert ... is doch al meist Tiet för de Bescherung ... Se makt op, is aber blots de Lütte. Mit roden Kopp vun 't Toven un heel rappelig — is 't nu bald sowiet? Jojo ... gah di man waschen, Vadder ward seker jeden Ogenblick wedder hier sien ... Se pütjert in de Köök rüm.

Fruu Becker hett den Nöötkoken trecht. Is to un to praktisch, so 'ne fardige Backmischung: blots mit beten Mehl tohoopröhren, 'n Ei dorto un rin in 'n Oven! Dor bringt di keen Besök mehr in de Bredullje. Noch de söte Glasur babenop un denn kann 't losgahn mit de Bescherung — ehr'n Guschi sien Geschenk hett se al op de Anricht ... 'neem de Kirl blots affblifft —? De kann doch nich so lang bruken för so'n albern Nöötknacker ... un de Ladens hebbt doch seker al dichtmakt, is doch meist duster buten ... egenartig ...

Mit teihn Kognak in 'n Liev sett Hannes sick nich achter 't Stüür, al mol gor nich Wiehnachten. Guschi hett blots negen hatt, man de dree Beer tellt jo ok mit. Se kaamt al ut dat drütte Lokal, nu hebbt se woll würklich all dicht. Hett ophört to regen, se weet ok gor nich mehr so nipp, 'neem se ehre Autos afstellt hebbt. De Bus fohrt blots noch all twee Stünn, he is jüst weg. Dor gaht se denn eben to Foot. Tofootgahn is langwielig, vör allen, wenn dat lang duurt. Se fangt an to singen. Toeerst Jingle-bells, dor kann Hannes de tweete Stimm vun. Nah twee Kilometer findt Guschi 'n Pappkarton an 'n Stratenrand un 'n kaputten Paraplüh. Nu geiht dat al veel beter, mit so 'n feinen Beat. Hannes meent, in de Taktpausen kunnen se driest noch

den Brummbaß imiteern, man dat is jo nich so licht! Klor, datt se 'n Ogenblick anhollt un sick op twee Aschammer sett, de vör en Huus staht. De Proov duuert knapp 'n Veddelstünn, denn geiht de Huusdöör op un 'n Fruu röppt: Heinzi, kuck mah — die Heiligen Drei Könige . . . ich kann aber bloß zwei sehn — fintich ja richtig toll, dassassass heute noch giep . . . Heinzi findt dat woll ok, denn he bringt de twee 'n Buddel Sluck rut un sien Fruu meent, datt de Königen gor keen Paletot hebbt. Dor halt Heinzi fix noch sien ollen Trench rut, den he so un so wegsmieten wull, un Hannes süht nu richtig smuck ut.
Se treckt denn gau wieder, beten sünnerbor kümmt jem dat doch vör —. Man Sluck is Sluck, un düsse hier is gor nich slecht — sogor fein kold. Ehre Dschingelbells hebbt bi lütten Schick kregen un nah 'n halv Buddel haut Guschi Variatschonen henn, datt Hannes afsluut baff is.
Se hebbt wieldess 'n Weg funnen, den se noch gor nich kennt. Dat is ok keen Wunner, denn dat is 'n Privatweg. An den Privatweg steiht 'n grote Villa. Ehr Guschi dat aber mitkriggt, is Hannes al wedder mit sien tweete Stimm innegang, de sick meist nah drütte oder veerte Stimm anhört, oder nah allens togliek. Ok hier ward de Döör opmakt, vun 'n lütt dralle Deern in Swatt mit witte Schört un witt Käppi op'n Kopp. Se frogt fründlich, wat se nich 'n Ogenblick rinkamen wüllt? As se in de Köök stulpert, gruvelt Guschi deep, wat he nu opmol in düsse ingelsche Fernsehserie vun dat Huus an 'n Eton-Place mitspeelt un wat se Mister Bellamie woll Fröhliche Wiehnachten wünschen schullen —. Ehr datt he dor aber mit fardig is, kriegt se in de Köök 'n kumplett Meddageten, mit Supp, Bro-

ten, Kumpott un alle Schikanen. Un denn keem een rin, vun denn Guschi laterto jümmers wedder see, datt he de Butler, Mr. Hudson west weer, un de frög jem, wat se noch 'n besünnern Wiehnachtswunsch harrn. Hannes, de nu al glöövt so besopen to sien, datt he dat allens blots drööмt, meent, so 'n lütten Nöötknacker — dat weer wat Feines! Ut Holt, bunt anmolt. As se kott nah söben den Privatweg wedder trüchwannern, hett ok Guschi 'n staatschen Paletot un Hannes winkt trüch mit sien 'n Nöötknacker un he röppt een-üm 't annermol: Frohe Wiehnacht altohoop! Frohe Wiehnacht!
In all den Trubel aber hett Guschi sien 'n Pappkarton vergeten un so kaamt nu wat sinnigere Wiehnachtsleder an de Reeg. Över de Landstraat huult jem ehre „Stille Nacht" as de Stimm vun den „Jedermann" in Salzburg. Man richtig fidel ward se eerst, as ehr Bus an jem vörbisuust un se weet, datt se nu wedder op 'n rechten Padd sünd.

Al vör 'n gode Stunn is Fruu Becker nah Fruu Bauer rünnerstebelt un de twee Fruunslüüd sitt nu tosamen un wunnert sick, datt de Kirls nich an Laden kaamt. Se hebbt sick good tospraken, sick begööscht un wüllt man noch bit gegen Negen töven, ehr datt se de Polizei anropt —. Worüm de anner ehr Mann noch weg müss, weet keen vun jem so recht, man 'n Ahnung hebbt se beid. Se kaamt bannig in 't Parleern, de Lütte speelt al mit sien niege Autobahn un dat kunn richtig kommodig ween, wenn — jo, wenn de verdreihten Mannslüüd doch nu blots . . . na, tööv — se ward jem dat wiesen!

Wenn een Hilligobend mehr as veer Stünnen dörch de Gegend zuckelt, mutt he 'n heel grotes Repertoir an Wiehnachtsledern

hebben, anners hangt em de Singeree to 'n Sluss doch noch ut 'n Hals rut. Dor keem jem de Telefonzell jüst good topass, un Hannes is al wedder so nüchtern, datt he blots tweemol 'n falsche Nummer dreiht. Guschi brüllt al „Frohe Wiehnachten" in den Hörer, as noch gor keen dran is.
— Becker . . . Lotte Becker — ja???
— Lütte Lotti, mien Deern . . . fleit Hannes. Weeßt du woll, 'keen hier is? Wat —? Hehehe, hier is dien Hannes Ruprecht, is hier, tjäwoll, un nu gifft dat glieks 'n feine Bescherung . . . Guschi labert dortwüschen: Vvvöllig korrekt . . . ok bi Guschi gifft dat nu 'n feine Bescherung, hahaha . . .
— Dat — dat is jo woll . . . Lotti weet nich, wat se seggen schall. Is de Kirl doch wiss un wohrhaftig besopen . . . dat is jo woll nich to glöven . . . Fruu Becker schüttköppt, leggt ehr den Arm üm de Schuller: Se Ärmste — sowat an 'n Hilligobend! Dat de sick nich schaamt . . . also dat kreeg mien Guschi jo nu nich fardig . . .
Vunwegen! pust Lotti sick op. Denn kaamt Se man mol ran an 'n Apparat — dor köönt Se Ehrn Guschi singen hören!
Wat —? Mien Guschi?? Ogenblick mol . . . Guschi? Büst du dor??? Se drückt den Hörer, as wull se em de Luft afdreihn.
— Nee, hier is Wieh . . . hupp . . . de Wieh . . . büssu dor mien Söte, wat? Ick bün hier, hehehe . . . Wi sünd beide hier . . . un 'n Nöötknacker hebbt wi ok, aber blots eenen — segg mol Hannes, worüm hebbt wi denn blots eenen, wat? Achso, den hett de Butler uns jo schenkt — — du, Fruu Becker, weeßt du, neem wi weern —? In dat Huus an 'n Eton-Place, bi Mister Bellamie un Mistress Bridges, tjäwoll du! Un niege Paletots hebbt wi ok beide!

De Rest is gau vertellt. De twee Lehdies hebbt ehre Kirls mit 'n Taxi vun de Telefonzell afhalt un sünd laterto gode Fründinnen worrn. Blots den Weihnachten weern se aarig in Brass un dat kann 'n jo ok good verstahn, nich? Den lütten Nöötknacker hebbt se ok hüüt noch, Hannes hett em langs dörchsaagt un bi Beckers un Bauers hangt nu 'n halven Nöötknacker an de Wand. Jümmers wenn se mol tosamensitt un vergnöögt sünd, backt se de twee Hälften tosamen un amüseert sick över de Hilligen Twee Könige.
Blots Hannes un Guschi lacht denn nich so luut mit; beten schaneerlich is jem dat ok hüüt noch! Tomal dat nu twee Hüüs gifft, 'neem de Lüüd sick jümmers utschütt vör Lachen, wenn Hannes oder Guschi dor mol vörbikaamt —.

Wiehnachts-Express

Ick glööv, dat geiht de mehrsten Lüüd so, datt se eendaags markt, se hebbt 'n Fehler makt, 'n Fehler, de nu nich wedder to repareeren is — sogor de Nichtverheirodten kennt woll düt Gefööhl . . . is mennigmol gor keen grote Saak, man liekers — du argerst di doch.
In mien Leven weer een vun de Hauptfehlers — markst al, bi mi is dat nich bi een 'n bleven — datt ick mien elektrische Isenbohn verköfft heff, för 'n Ei un 'n Botterbroot. Weet hüüt nich mol mehr, worüm; weer 'n unglücklichen Infall, Schicksool. Jo, kiek, un dor kumm ick eenfach nich öber weg; kümmt vör, datt ick so dorsitt un warr ganz hippelig för Lust op düssen töfftöffigen Spoß, un kann mi denn blots noch truurig högen — jo, sowat gifft dat! — öber dat Vergnögen, dat ick mol hatt heff . . .
Mien leevstes Hobby füng negenteihnhunnerteenunsösstig in de Vörwiehnachtstiet heel harmlos an; mien Öllsten weer al dree Johr old un ick funn, dat weer nu höchste Tiet, em mol wat Vernünftiges to schenken, wo he ok wat mit anfangen kunn. Ick sülven harr jo as lütten Jung keen elektrisch Isenbohn hatt, weer Krieg to de Tiet, man ünner mien 'n Mackers weern welk, de harrn so 'n Schatz, un ick dach nu, mien Jung tominnst schull dat nich missen —.
Un dat is de reine Wohrheit — nich so as in düsse albernen Witze öber den Vadder, de för sien 'n Jung blots 'n Isenbohn köfft, wiel datt he sülvst dor mit . . . op jeden Fall: Ick nich! Schull ok blots so 'ne Lok to 'n Opnudeln ween, mit 'n Kring

un lütten Bohnhoff, blots för poor Mark, eben wat för Kinner. In den Speeltüüchloden weer 'n Verköpersch, de wiss Püschologie studeert harr. Se stell mi de billige Isenbohn op 'n Tresen as harr ick ehr nah 'n Pornofilm frogt, un ick kunn richtig marken, wat ehr för 'n Steen vun 'n Harten full, as ick den Blechklüten duster un kritisch ankeek.
Ist eben was für kleine Kinder, sä se mit düütliche Inlodung in ehrn Blick, für sehr kleine Kinder . . .
Mien Jung is dree . . ., sä ick.
Schon drei?? Se schüttköpp. Macht er denn noch alles kaputt —? Se harr jüst so goot frogen kunnt, wat he siene Öllern vermöbelt. Dat duuer keene teihn Sekunnen, dor wüß ick, datt blots 'n elektrische Isenbohn in Froog keem — bi so 'n Jungen as mien 'n Jungen!
Man de Priesen — —?
Ick wull noch mehr seggen, man se wink af. Weer meist keen Ünnerscheed, meen se, un se harr dor 'n feine Isenbohn, de leep op Batterie, heel billig, mit allens, wat dor tohört — nich mol dörtig Mark, as Wiehnachtsgeschenk jüst richtig!
Ick mit dat Ding nah Huus, Jung to Bett packt, un denn de Seligkeit opstellt — ok mien . . . dat heet natürlich: mien Jung sien Bohnhoff. Man de Lok harr 'ne lütte Macke un wull partout nich lopen — ick nächsten Dag wedder hen to mien technische Beroterin.
Se harr sowat woll al kamen sehn, denn se harr furts 'n annern Kasten praat, düttmol nich mit Batterie, düttmol echt elektrisch un ok noch grötter! Man för de föfftig Mark meist noch geschenkt, un weer vör allen jo ok „erweiterungsfähig", meen de Verköpersch.

Wat dat bedüüdt, dor bün ick eerst later op kamen —. Denn wenn du 'n Lok twee Stünnen lang in 'n Kring üm 'n Dannenboom pesen lettst, denn hest du entweder 'n Knick inne Linse, oder du rast furts los un köffst di poor mehr Schienen un so —. Dat „un so" köst an 'n nächsten Dag noch mol öber veertig Mark un de tweete lütte Güterlok achtuntwintig. Den Blechklüten to 'n Opnudeln hett mi de Inhoberin vun den Loden gratis dortogeven, denn se seeg woll al kamen, datt ick mien 'n Jung bi 'n Opbuun vun dat elektrische Wunnerwark eerstmol hölpen müss, üm datt he ok nicks twei mookt, jo, un wenn he dor denn eerst blots tokieken dröff, denn kunn he wieldess jo fein mit de Opnudellok speelen —.
De Wiehnachten dornah wuss sick dat Speeltüüch to 'n wunnerbores Hobby för mien 'n Söhn un mi ut, un so mit de Tiet sünd woll an de tweedusend Mark to de püschologische Rattenfängerin wannert —.
Daaglang krööp ick vör Hilligobend ünner Strippen un Stellaaschen ümher un dee mi so komplizeerte Anlogen tosamenbosseln, datt miene Jungs — ick harr nu al twee — blots noch stumm dorvör sitten kunnen un sick wunnern deen öber de Loks, de anholln, wiederföhren — wat weet ick wohen, worüm . . .
As miene Söhns wat öller weern, wüssen se jo al, datt se elkeen Wiehnachten wedder wat Nieges, Kumplizeertes för ehre elektrische Isenbohn kregen, mit dat denn blots ehr Vadder wat anfangen kunn. Een Hilligobend harrn se denn 'n grotartigen Infall: As se ünnern Dannenboom wedder niege Signole un 'n groten Bosselkasten för 'n posseerlichen Bohnhoff funnen, dor winken se mi stolt in ehr Kamer un dor harrn se allens op-

buut, wat ick jem so mit de Johren för dat Töff-Vergnögen schenkt harr. Jo, un dat wullen se mi nu to Wiehnachten schenken! Een-för allemol! Mien Öllsten, de dor so veerteihn, föffteihn weer, meen, denn bruuk ick nich mehr alltiets so klammheemlich to nachtslapen Tiet mit de Isenbohn to hanteern un nich jümmers 'n slecht Geweten to hebben, wenn se mi wedder mol bi 'n Spelen mit jem ehre Bohn tofaten kregen —.
Ick mutt seggen, dat weer 'n wunnerbore Tiet, de Johren dornah; heff allens nahhaalt, wo ick in mien Kinnertiet keen Schangs to harr.
Tjä, un dat is nu vörbi —. Blots noch in Droom hör ick af un an dat liese Klicken vun de Weichen un dat Rattern vun de lütten Rööd . . .
Un hör denn sogor wedder Idas wütig-beberige Stimm, de mi nu al twee Stünnen lang to 'n Eten röppt . . . enerwegens fehlt mi den wat — sünnerlich to Wiehnachten.

Hett mi wat inbrockt, düsse Jesus . . .

Och gah mi doch los — hebbt wi doch allens al utprobeert. Kennt wi doch allens, is nicks Nieges mehr för uns. Dolomiten —? kann ick doch blots lachen. Squaw Valley? Nee, dat is ok nich anners, blots datt he dor Santa Claus heet. Schenken? Ach wat, al lang nich mehr. Wat schüllt wi denn noch köpen? Wat? Na, segg ick doch. Neenee, kannst dat dreihn, wo du wullt — Wiehnachten is nich mehr dat, wat dat mol weer. Nich mol de Kark mehr. Also hett dor doch lest Hilligobend, as wi nah dat Gala-Diner mit Herbert sien Tweemotorige op 'n Sprung nah Sylt rop — is jo wohnsinnig „in", de olle lütte Kark in — wo heet dat man noch . . . na, egol — de Swattkittel doch wohrhaftig, datt de Lüüd, de blots Hilligobend Kark as Dessert oder so, de schullen man beter tohuus blieven. Mußt di vörstellen! Deit as weer he Rudi Carell, de Spinner! Much würklich weten, för wat wi bit vör dree Johren all de ganze Karkenstüür betohlt hebbt . . . ick meen blots — nich datt wi dat nich köönt, Gott bewohr mi, man dat Leven is nu mol düür! Dor kummst nich an vörbi. Heff ick nu eerst to Martha seggt — de Goldpriesen — 'keen schall dat noch betohlen? Süh, dat Armband — weeßt doch, wo se dat Johr dorvör doch de swore Halskett vun kregen harr — dat weer vör dree Johr noch för söbendusendtweehunnert to hebben . . . wat? Klor, mit Expertise för de Klunkers, gläövst du, ick kööp de Katt in 'n Sack? Man hüüt? Kannst gor nich mehr betohlen —.
Un denn will ick di seggen — dat hangt mi nu ok bi lütten to 'n Hals rut: Kannst di utdenken, wat du wullt — neegst Johr

hebbt de annern dat ok. Hehe, kannst di noch besinnen, in de Föfftiger weer dat, glööv ick — as wi dor to 'n eersten Mol de bunten Dannenboomlüchten harrn, de elektrischen? De egolweg blinken deen? Jojo, jüst de! Ut Amerika. Heff ick domols sülvst mitbrocht. Un neegst Johr? Harrn se all düsse Glitterlüchten.
Wat wi 'n Eddeldann . . .? kann ick blots mööd grienen. Allens wat dat gifft — groote, lütte, lange Nodels, kotte Nodels. Gaht tweehunnert Mark weg as nicks. Sogor ingelsch, mit Misseltoh oder wo dat heet, hebbt wi fiert. Mit Knutschen dor ünner un achteran Plumpudding. Hett uns Kööksch domols üm een Hoor de Siedengardinen mit ansengelt, sünd jo woll de reinen Füürdüvels, de Engländer — brennenden Pudding!
Göös?? Weet ick meist nich mehr, wannehr wi so 'n Vagel eten hebbt . . . weer woll noch in de R-Mark-Tiet, dor weer 'n jo al froh, so 'n fett Beest to kriegen . . .
In de Sösstiger veel Kaviar un Lachs. As dat noch nich so Usus weer. Hüüt mampft jo jeden Hans un Franz op Lachs rüm . . . Eenfach? Jo hebbt wi ok al makt. Weer 'n groten Knüller, weet ick noch, as weer dat güstern west — de Fruu vun Doktor Manning, also de ehrn stieren Blick, as se op de Deel stunn un op den Marmorbodden de witte Sand un dat Dannengröön! Een-molig! Hahaha! Müss de dicke Köpke vun Kunststoff-Wundloff ehr eerst verkloren, datt bi de armen Lüüd fröher in Norwegen un annerwegens bi grote Festdaag witten Sand op 'n Bodden, eenfach, slicht, smuck. Un denn jo de Pellkantüffeln mit Quark — — hollst nich ut! Un mien 'n Swoger sien domolige Levensgefährtin, de harr sick al tohuus een antüdelt — bitt de doch utrekent mit ehr niege Dschäcket-

kroon op een vun de Krüger-Rand, de ick vörher vigeliensch in de Kantüffeln fingereert harr? Een Theoter, segg ick di! Blots öber de Türken hebbt wi uns argert, de Maria un Joseph ... mol ehrlich – dat geiht doch to wiet! Willst jem wat Goodes doon un weer jo ok echt 'n Gag, nich, un ick Dag vörher de twee ut de Packeree in mien Büro kamen laten un fründlich: Na – gor nich nah Huus düsse Wiehnachten? Un se, nee, datt se sporen müssen, Mudder in de Türkei viel krank. Un ick, datt se mi 'n Gefallen doon un Hilligobend beten ünnern Dannenboom sitten, so as Maria un Joseph, un hunnert Mark sünd jo ok nich slecht, nich? Un keemen ok, jüst as wi all mit de slichten Wiehnachtskantüffeln inne Gang weern, seten sick ünnern Dannenboom – se harr sick sogor noch 'n Popp mitbrocht, de se op 'n Arm dreeg – un de Gäst all mit hilligen Schuuer: Ah! un Oh! un dor fangt de dösige Deern doch an to blarrn un labert dor op türkisch rüm – weer also de ganze Stimmung to 'n Düvel. Nee, mit Gastarbeiters hest blots Maleschen.
Tjä, as ick al seggt heff – weet noch nich, wat wi düttmol opstellt ... also ick will di mol wat seggen – Dschettsett is jo goot un schöön, man glööv nich, datt dat allens een Botterslicken is! Sühst jo an mi! Stah ick dor an 'n Wiehnachten mit miene Probleme ...
De weet gor nich, wat he mi inbrockt hett, düsse – Jesus heet he jo woll, nich ...?

Wiehnachten bi uns

De Dag is kott. Klock veer ward dat al duster. Un buten danzt de Snee, un binnen sitt Grotmudder un vertellt de Kinner Geschichten vun den Hilligen Obend, un dat rüükt nah Braatappels un Koken un Dannenboom . . .
Un överall knistert dat vun Poppeer un jedeneen hett ’n groot Geheemnis to wohren. De Kinner, se kööntdat meist nich mehr utholln bit dat an ’n Enn denn so wiet is — ’n lütte, lütte Klock bimmelt ut de gode Stuuv, un dat is förwiss dat levste Leed, dat de Kinner kennen doot. Ok de groten Lüüd kriegt dor so ’n Geföhl bi in de Bost, datt männicheen sick mol över de Ogen wischt, un denn geiht de Dör op, un liesen, liesen kaamt se al rin, de Kinner, Grotmudder, Grotvadder, Mudder un Tante, un vör den Dannenboom, de funkelt un glittert, fangt se all an to singen: Oh Tannebaum . . .
An düsse Steed mutt ick nu erst mol ’n Sluck drinken, üm datt ick wedder to mi kaam. Ick legg den Heimatkalenner an de Siet un denk bi mi: Du schullst man weeten, wo’t bi uns tohuus togeiht . . .
Tovörderst: An ’n Hilligen Obend danzt bi uns keen Snee vör de Dör — dat heff ick al lang nich mehr beleevt. Nee, buten plattert dat. Un binnen sitt keen Grotmudder un vertellt de Kinner Döntjes, ach wat — dor löppt de Flimmerkist, un de Kinner kabbelt sick, wat se sick nu dat Eerste oder dat Tweete Programm ankieken schüllt. Un Braatappels — lat mi an Land — in keen Kochbook steiht dat binnen, wo de in ’n Elektroofen makt ward. Koken — ja, na Koken rüükt dat woll, man

dat's ok so'n Saak för sick — de letzt Doos mit Koken vun 'n vörleden Wiehnachten hebbt wi in 'n August funnen, gräsig sehn de ut. Un mien Fruu weer füünsch un sä, dat keem dor bi rut, wenn een sick afmarachen deit för de Familie, un keeneen kunn ehr dat verdenken, wenn se düssen Wiehnachten keenen Koken wedder makt un so wieder un so wieder . . . Opletzt hett se denn doch backt.

Man dat mit de Geheemnissen, dat is wohr: Dor hebbt wi all swor an to drägen. Denn de Düvel alleen weet, wat de Grotöllern to den düren „Allesschneider" seggen ward un de Fruu to den vigelienschen „Hobbykasten", mit den se „Emailleschmuckstücke in reicher Form- und Farbenpracht" tosamenbosseln kann — nich to vergeten de „Muffelofen", den se dorför brukt und de 'n Barg Geld köst hett . . .

Knapp dörtig Sekunnen nah dat Bimmeln, dat keen Bimmeln weer, denn de Klock weer twei, un ick as de Vadder müss „Bimmelimmelim" ropen, dörtig Sekunnen later wüß dat nich blots de Düvel, datt de Grotöllern dat neemodsche Ding nich bruken kunnen, se wullen dat furts tuuschen, un de „Hobbykasten", dat is ok keen so goden Infall west, nee — mien Fruu steiht dor, as harr se de Blitz dropen un makt 'n Muul as de Karpen in de Kööк.

De Kinner, jo, de freit sick as dull! De een makt mit sien niegen Kasettenrecorder so'n Larm, datt de Katt utbückelt, un de anner pütschert mit sien Chemiekasten op den goden Teppich rüm — so 'n richtig kommodigen Wiehnachten is dat.

Man denn gifft dat Eten.

Nu ward Grotvadder gnadderig, denn Fisch mag un mag he nu mol nich, und wi harrn dat vergeten. Mien Jüngsten will partout de Buddel Sekt opmaken — he weet wiss un wohrhaftig, wo dat makt ward, seggt he, un he wackelt un hanteert mit de Buddel un denn — denn geiht allens öber de Kantüffeln un dat niege Kleed vun Tant Anna. De fangt an to jammern, mien Fruu schimpt: „Dat heff ick doch glieks seggt!“, un mien Öllsten, de Sleef, hollt sick den Buuk vör Lachen. Un in ’t Radio singt de Kinnerchor: „Still, still, weil’s Kindlein schlafen will“ ...

Tjä, so is dat bi uns to Huus. Man dat heet noch lang nich, datt Wiehnachten för uns blots Geschenke, Eten un Drinken bedüüdt — nee, dütt Geföhl in de Bost, wenn buten de Snee danzt, un binnen Grotmudder de Kinner Geschichten vun ’n Hilligen Obend vertellt, un wenn dat denn nah Braatappels un Koken rüükt — oh Mann, oh Mann ...

Loretwei

Ick weet nich, wat schall dat bedüden,
datt ick hüüt so truurig bün.
Mien Fruu is to Wiehnacht nah'n Süden,
mien Fründin in'n Jumbo-Jet rin.

Un ick bliev alleen . . .
— nee, nich datt ick ween,
denn ick gah hüüt obend fein sinnig un drall
op den „Wiehnacht för Eensome"-Ball.

Dor fier ick Wiehnacht mit Sluck un mit Beer,
dor ward fix een schunkelt, mol hen un mol her.
Dor sünd olle Lehdies, de anners nich weet,
woneem se sünst afblievt in ehr old nieg Kleed.
Un ok staatsche Mannslüüd mit Glatzkopp un Frack,
is vörnehm Gesellschaft un allens een Lack.

Se singt nich vun Jesus un Christkindelein —
de, op den se töövt, is blots noch Fründ Hein.

Schöne Bescherung . . .

Wannehr Lieschen un ehr Mann op den Infall kamen sünd, dor kunnen se sick laterto nich mehr eenig öber warrn. Een geev den annern de Schuld — Kuddl meen, se harr op de Utstellung domols in 'n Sommer egolweg nah 'n niege Köök queest, un Lieschen see, datt Kuddl dat jümmers wedder op de lange Bank schaven harr — na egol, ob jeden Fall weer dat 'n Wiehnachten, den se ehr Leven lang nich vergeten ward . . .
Is jo ok nich so, dat Lieschen dor alleen achteran weer, ehr Kuddl funn de Idee mit de niege Köök jo ok nich slecht — de olle seeg ok würklich al to schedderig ut! An den Gasheerd funkschoneern blots noch dree Platten, dat Schapp ut de R-Mark-Tiet weer veel to lütt worrn un de Köhlschrank jo ok al achteihn Johr old!
Nee, 'n niege Köök — dat weer al wat. Op de anner Siet harr Kuddl ok noch wat mehr üm de Ohren in sien Behörde, un sowat schall jo goot öberleggt warrn, nich, dat weer doch nu keen Pund Käs! He harr denn so furts nah ehrn Urlaub de Kökenfirma anropen un twee Daag later keem ok al een vun de Mackers dor ansuust mit Lineol un Meetband. He weer een vun düsse Optimisten, de sick noch öber de schöne Utsicht freit, wenn se vun 'n Karkturm fallt. He geev jem dat Geföhl, datt de niege Köök 'n Saak vun 'n poor Stünnen weer — poor Fliesen dor, 'n niege Leitung hier, lütt Lock in de Muur, Water op de annere Siet un fardig weer de Lack. Weer sotoseggen öber Nacht doon. Denn güng he wedder un wünsch al veel Spoß in de niege Köök!

Dat wer an 'n 28. August.
An 'n 1. September kregen de twee 'n fröhlichen Breef vun dat Kökenland — de Grundriß weer fix un fardig, jüst harrn se wedder wat heel Nieges an Köken rinkregen un se weern al jieperig dor op, to hören, wat Kuddl un Lieschen sick denn nu utsöken wullen . . .
'n Week later keem de grote Ogenblick: Lieschen seeg to 'n eersten Mol ehr tokamen Paradies. Se weer hen un futsch. Kuddl ok, denn he harr noch so 'n kloren Kopp, datt he mitkreeg, wat de Spoß kösten schull. Naja, dat weer den jo ok wat för 't Leven. Söss Weken schull dat duern, bit de Möbel opstellt ward, in 'n Oktober also. Fein, se freien sick bannig, un Lieschen seeg sick al in ehr niege Kööк de smackigsten Wiehnachtskoken backen — un wat de Besök woll seggen dee . . .? Wunnerbor!
As se al de Döör in de Hand harrn, full Kuddl in, datt de Optimist mit dat Lineol doch wat vun niege Fliesen, Leitungen un Muurlöker vertellt harr — wat weer dor denn nu mit? De Verköper funn dat ok goot, datt Kuddl dat noch infullen weer. Em weer doch al glieks so, as harrn se noch wat vergeten . . . man wenn een dat bitieden weet, denn weer dat jo 'n Klacks. Se wurrn noch vun em hören, de Handwarkers mellt sick al to rechte Tiet, bit denn, veel Spoß in de niege Köök un veelen Dank ok . . .
Op de Kökenfirma weer Verlaat-di-to. Akkraat an 'n 14. Oktober funn Lieschen 'n Zettel in 'n Breefkasten, datt morgen, Klock acht, de niege Köök ankeem. Kuddl kunn sien Fruu an 'n Telefon eerst gor nich verstahn, wiel datt se so lamenteern dee, man denn keem he bannig in Äkschn: Den Verköper in

de Kökenfirma platz meist dat Trummelfell; he harr keen Lust, sick hier anblarrn to laten, tomal jo sien Kolleg den Opdrag annahmen harr un de weer op Urlaub nu. Man he söök de Ünnerlagen rut un dor stunn nicks vun Fliesen un niege Leitungen leggen un so wieder. Man dat weer jo keen Beenbruch, he wull dat geern för Kuddl arrangscheern, för sien Firma weer de Kunde noch König! As Kuddl dat hör, reet he sick tosamen, so as sick dat för 'n König schickt; blots as de fründliche Verköper see, datt he de Speditschoon hüüt nich mehr tofaten kreeg un Kuddl doch bitte schöön morgen de poor Schapp eerstmol annehmen schull, reeg Kuddl sick noch 'n beten op, man wat sünd al twee, dree Daag, nich? Bit dorhen schullen de Handwarkers al fein innegang sien.
Annerndags geev dat 'n gigantische Julklappfier bi Lieschen — veerteihn grote, swore, lichte un lütte Kartons keemen nu in jem ehr Slapkamer to liggen un to stahn.
Datt Kuddl dat Wiehnachten in 't Krüüz harr, hüng nich tolest dormit tosamen, datt he öber acht Weken lang dörch dat Schapp vun de niege Nirosta-Spüll kladdern müss, wenn he to Bett wull. Lieschen dreep dat noch leger — jüst vör dat Koppenn vun ehr Bett keem de niege Heerd to stahn, un een Nacht full — eenfach so — de Backoovendöör rünner, wat Lieschen 'n bannigen Schreck injoog; se schree op un in den Ooven rin — gräsig hör sick dat an, un Kuddl müss furts wedder dorch dat Spülenschapp hechten vunwegen de Baldriandruppen.
Naja, de Minsch wennt sick an allens, tominnst dee sick de Möbelfirma an Kuddl sien Stimm wennen.
Twee Daag vörn eersten Advent harr Kuddl Jubileum — he harr nu to 'n 25. Mol dor anropen. As Festgeschenk sotoseg-

gen keem an düssen Dag nahmeddags 'n flietigen Handwarker un broch de frohe Botschaft, datt dat Maandag nu los gahn schull — se harrn per Tofall 'n Termin free.
Man, weer dat 'n fröhlichen Advent! He un Lieschen weern as opdreiht, ennelk keem dat nu in de Reeg. Ennelk kunnen se ok den Wiehnachtsbesök inladen — de schullen di villicht Ogen maken! Se bimmeln glieks rüm in de Verwandschaft, un Lieschen kunn dat nich laten, geheemnisvull vun 'n grote Överraschung to snacken —.
De Jungs an 'n Maandag deen ok fix 'n Slag rinhaun, so as wullen se allens wedder gootmaken. Dat Lock in de Wand weer man 'n Kinnerspeel, se kregen dat sogar noch grötter rin as nöödig, egentlich meist 'n beten to groot. Man beter to groot as to lütt! meen de Catcher mit dat Stemmiesen — dat Rohr vun den Wrasenabzug schull jo ok dörchpassen, nich? De Fliesenleggers stunnen em in nicks nah. Se weern de reinen Düvels bi 'n Anbacken; un Klock veer, as Fierobend weer, dor blitz un funkel de staatsche Pracht as dull. As Kuddl so gegen Söss nah Huus keem, kunnen he un sien Fruu sick gor nich laten vör Freid un dat full jem tähmlich swor, ut den Macker klook to warrn, de denn anreep un see, morgen wull he geern de niegen Waterleitungen leggen, un ok miteens siens 'n Fründ, den Strippendreiher mitbringen, denn de Water- un Elektroleitungen, also dor füng jo allens mit an, nich? He worr meist wat fünsch, as he vun de Fliesen hör, denn he kunn sick de Tiet jo nich ut de Poten sugen! Dor schull Kuddl mol gau tokieken, datt de Fliesen wedder afkloppt worrn un em denn Bescheed seggen —. Achso — noch vör Wiehnachten? Na, he wull doon, wat he kunn.

De Fliesenlegger harr för so 'n Tühnkraam nicks öber, he kunn jo nich Gedanken lesen, vun Leitungen wüss he nicks, un Kuddl kunn vun Glück seggen, datt he vör Wiehnachten noch kamen weer. Öberhaupt düch Kuddl, datt so kott vör Wiehnachten nüms mehr so recht wat weet – in dat Kökenland tominnst harrn se afsluut keen Ahnung vun de Saak; de Verköpers weern woll kumplett utwesselt worrn.
Nah veel Hen un Her kreeg Kuddl dat denn fardig, den Klempner un sien 'n Frünn an 'n Sünnobend vör 'n drütten Advent in sien Köök to lotsen, un de hebbt denn – in Swattarbeit – ehre Leitungen trocken. Se kregen dat so penibel hen, datt blots sössteihn Fliesen in Dutt güngen un se harrn sogar dat noch wedder op Schick brockt, wenn Kuddl noch noog vun de Fliesen harr. Mit de fiev Stück kunnen se aber nicks anfangen un meenen denn, Kuddl schull sick den Rest man vun 'n Wiehnachtsmann wünschen. Un wat he denn ok alltiets artig west weer?
Twee Daag later wies sick, datt de Fliesen woll würklich vun 'n Wiehnachtsmann keemen – dat schull bit Januar duern, ehr datt de Nahleverung intrudel.
Wiel datt dat nu bi lütten presseern dee un Kuddl jo keen Dagdrömer is un Lieschen mit ehre Nerven an Enn weer – dat Koken op de twee wackeligen Spirituskokers un dat Watersleppen ut 'n Lokus harr ehr bannig tosett – op jeden Fall lehr Kuddl de Kökenfirma nu dat Grugeln. Nah sien 'n groten Optritt meen de Püppi vun 'n Kunnendeenst, gegen Kuddl weer Frankenstein dat reine Sandmännchen ... den Dag vör Hilligobend schull de Köök nu kumplett inbuut warrn! Un wenn se dat nich trechtkregen, denn an 'n Hilligobendvörmeddag!

Un richtig un woll — de Jungs weern akraat an 'n 23. Dezember Klock acht dor; un elkeenmol, wenn Lieschen vun 't Inköpen trüchkeem un in de Köök schuul, weern se wedder 'n Stück wieder mit de Pracht.
Klor, hexen un blaufarven kunnen se ok nich, un mit Backen — so fix güng dat jo nu nich! Un Lieschen müss sick dor denn woll mit affinnen, datt se de Wiehnachtskekse eerst Hilligobend backen kunn —. Na goot — de Besöök keem jo eerst an 'n eersten Wiehnachtsdag, kannst eben nich allens hebben . . .
Se weer al froh, datt de Düvelsdischers sowiet allens in de Reeg brocht harrn. Se bruken blots noch Heerd un Water antosluten un dat weer Hilligobendmorgen 'n Klacks, in een, twee Stünnen weer allens vergeten. Gottlov . . .
Dor harrn se denn ok recht mit — mag sien, se bruken dor noch nich mol 'n Stünn för, üm Kuddl, Lieschen un ehr Köök to vergeten. Keemen eenfach nich, de Öös; dat Möbelhuus harr dicht an 'n Hilligobend, un uns twee seten in ehr Kökenparadies ohn Strom un Water — dat heet, „fließendes" Water harrn se egentlich doch, denn Lieschen blarr sick meist de Ogen ut 'n Kopp. Kuddl harr för sowat keen Tiet, he harr dor noog mit to doon, all de groten Kartons fein tweitorieten, de noch allerwegens rümlegen; denn versök du mol, Wiehnachten wat in 'n Aschammer to smieten — sünd all proppenvull denn. As dat buten schummerig wörr, kunn he Lieschen ehrn Jammer nich mehr utholln un kraam allens an Warktüüch rut, wat he finnen kunn — he harr jo nu keen linke Hannen! Lieschen stunn in deepe Bewunnerung an de Kökendöör — datt ehr Kuddl so 'n patenten Kirl weer, harr se nie nich wusst . . .
As bi anner Lüüd de Lüchten angüngen, güngen se bi den pa-

tenten Kirl ut. Kuddl harr twars keen Slag kregen un denn so noch Dusel hatt bi't Heerdansluten, man Lieschen weer nu dicht dorvör; denn wenn Hilligobend in 'n grote Mietskasernen dat Licht utfallt, denn kannst aber wat beleven, oha! Se much gor nich in 't Treppenhuus gahn; man dat hölp jo allens nicks, se müssen jo Bescheed seggen, datt se dat west weern, de . . .
De niege Mieter ut 'n Parterre wüss denn to 'n Glück fix, wat los weer un nah 'n Veddelstünn güng de Sünn wedder op in 't ganze Huus. Sogor bi Kuddl un Lieschen. Denn de Niege weer Elektriker, un as se em vun ehrn kolossalen Trabbl vertellen, dor schüttköpp he kott, leep nah ünnen, weer fiev Minuten later wedder dor, un akraat Klock söben weern Heerd un Water anslaten. He weer för jem so 'ne Art technisches Christkind, un Lieschen glööv vun düssen Dag an wedder an Wunner.
De Besök an 'n eersten Wiehnachtsdag meen, dat weer würklich 'n groote Överraschung, so 'n staatsche, niege Köök — wenn ok mit 'n poor tweie Fliesen in . . .
Datt se üm een Hoor 'n ganz anner Överraschung beleevt harrn, dat kunnen se jo nich weten. Se kunnen ok nich ahnen, worüm Kuddl un sien Fruu so andachtsvull an 'n Spachteln weern, so as keem dat nich alle Daag vör, datt se 'n warm Eten op 'n Disch harrn. Un dat wull partout nich in ehrn Kopp, datt Lieschen statts „Oh du fröhliche" egolweg so 'n albern Slager an 'n Summen weer, un de hör sick meist an as: Wunder gibt es immer wieder . . .
Oder tominnst so ähnlich.

Wiehnachts-ABC

A: Arvdeel = Grund dorför, datt Wiehnachten so'n kommodiges Familienfest is.

B: Backbeernmuus = Wiehnachtsgeschenke een Dag nah Wiehnachten.

C: Chott = Jesus sien Vadder bi de Plattdüütschen in'n hogen Norden; is aber nich böös meent.

D: Dannenboom = Steiht eerst in'n Wald un is schöön; denn op'n Markt un is düür; to'n Sluss op'n Müll un is 'n Schann.

E: Eten = Wat de mehrsten Lüüd bi uns nah Wiehnachten nich mehr sehn köönt un wat anner Lüüd nich mol to Wiehnachten to sehn kriegt.

F: Feudeln = Mutt 'n doon, wenn de Füürwehr Hilligobend wedder afrückt is.

G: Graleern = Kann Vadder sick Wiehnachtsobend, wenn he keen Slips kregen hett.

H: Hart = 'neem fröher de Geschenke vun keemen; hüüt kaamt se ut Hongkong.

I: Iesenbohn = Speeltüüch, för dat de Jung noch to lütt is un Vadder sien Büx to eng.

J: Jieper = Wat de groten Lüüd op den Wiehnachtskarpen hebbt, ehr datt se markt, datt Mudder 'n nieges Rezept utprobeert hett.

K: Kark = So'n Art Veertes Programm, wenn't Wiehnachten nicks in'n Fernsehen gifft.

L: Langewiel = Negenunnegentig Perzent vun Wiehnachten; de een Perzent Freid is middewiel ok al in de Grabbel kamen.

M: Määrken = Anner Woort för den Snack „Wi sünd all Bröders un Süssters“; mehrsdeels sünd wi blots Köpers un Verköpers.

N: Narrsch = Ward Vadder, wenn Mudder em Hilligobend vertellt, datt se den ollen Dannenboomfoot op'n Sperrmüll smeten hett.

O: Oostern = Kümmt de Wiehnachtsmann wedder ut'n Sanatorium

P: Pandhuus = Kregen de Lüüd fröher dat Geld för de Geschenke her; hüüt betohlt se mit Euro-Schecks.

Q: Quiddje = Een, de to Wiehnachten 'n plattdüütsches Book kriggt un glövt, dat weer wat to'n Lesen.

R: Rökerkaat = Köök, wenn de Bescherung to lang duurt hett.

S: Sporen = Hett nicks mit Wiehnachten to doon. Sporen schüllt man de annern.

T: Tüffel = Eegenartigen Minschen, de meent, Wiehnachten hett wat mit Geföhl to doon.

U: Utverschamt = Priesen vör Wiehnachten, op de du di in'n Winterslussverkööp besinnst.

V: Vigeliensch = Dat Geföhl, wenn du markst, datt de Wiehnachtsbesök sien Kääsblatt op dien Adress ümmellt hett.

W: Wiehnachtsgeschicht = Ward allerwegens vertellt, narms glövt un gifft dat sogar in Stereo; wenn Joseph Muuh seggt, funkschoneert de Boxen nich recht.

X: X = Bookstaav, den sick veele Lüüd nich för'n U setten laat; blots bi'n Wiehnachtsinkoop sünd se Analphabeten.

Y: „Y" = Wöör mit „Y" in sünd nich plattdüütsch; Lüüd, de sowat snackt, ok nich. Man Hilligobend denkt wi sogor an so'ne Art Minsch — aber schöön vörsichtig.

Z: Zippel = Mußt du bi wenen, wenn du ehr snittst. Is sotoseggen 'n anner Woort för Wiehnachten; blots datt du Wiehnachten nich eerst snieden mußt.

Ehr datt de Klocken . . .

Also ick weet ok nich, wo dat vun kümmt — warr ick jümmers förchterlich sentimental, Wiehnachten . . .
Neenee, nich obends, dat nich, wenn dat in't ganze Huus so wunnerbor rükt noh Koken un Göösbroten — bün ick echt häppi denn un denn jo rut ut mien seelisches Tief —.
Man vörher — — weeßt du, so vörmeddags, wenn allens inköfft is, nicks mehr fehlen deit, de Dannenboom steiht al smuck in de Stuuv — denn . . . ick also jeden un jeden Wiehnachten sowat vun daun — kannst di gor nich vörstellen!
Ick meen, wenn ick anners ok 'n fidelen Macker bün un keen vun düsse Revoluzzer, de di allens kaputtmakt un egolweg mit jem ehr Gelaber vun de Drütte Welt inne Gang sünd un haut op dien Geweten rüm as uns Slachter op de wunnerboren Steaks, de dat vanobend gifft — — ekelhaft, segg ick di. Bün ick also nich, man liekers . . . weet nich wo dat vun — aber is eben dor, wiel datt ick so 'n sensibeln Minschen bün —.
Mien Fruu kennt dat jo al un begööscht mi un seggt, ick schall doch beten spazeern gahn, bi uns achtern över de Feller, de Luft dee mi wiss good, un ick treck mi denn ok richtig mien 'n Paletot an, den ut Ledder mit Pelz in, denn verköhlen doo ick mi jo as nicks, nich, un för wat heff ick anners de tweedusend Piepen ok utgeven, wenn ick dor nicks vun heff, nich? Meen ick doch . . . Laatsch denn also los, aber bün egolweg sowat vun truurig, datt ick mi meist gor nich recht över mien gode Pelzstebeln freien kann, wo ick mi doch anners wiss kolle un natte Fööt halt harr bi dat Weder —.

Un wat mi denn allens in Kopp kümmt — bün ick sülvst baff öber!
Denk denn an mien Grootmudder, un wat se sick domols noch freit hett, den een Wiehnachten, as ick ehr in dat Öllersheim besöcht heff un ehr de düüre Wulljack, de mien Fruu doch wat to knapp sitten dee, as ick ehr denn beschert heff, un all de annern ollen Omis, de mit ehr in den groten Slaapsool legen, as de denn all: Oh! Un: Ah! Un Grotmudder mit ehre swemmerigen Ogen de Jack an, un pass ehr sogor! Is wohr, du — is wat Schöönes, anner Lüüd 'n Freid to maken . . .
Jo, an sowat denk ick denn. Ok an de Lüüd dröben in de DDR — jo, ok an de. Laat ick mi nich nehmen: Johr för Johr ward 'n Paket packt, dor gifft dat nicks. Un nich, datt wi dor wat vun hebbt! Kennt de Lüüd meist gor nich, un magst jo ok nich nachfrogen — gifft womöglich blots Schrieveree, un ick meen, wi hebbt jo ok uns Probleme, nich? Segg ick doch. To 'n Bispill dat Paket — glöövst du, dat köst nicks? Na, un ob! Ward Johr för Johr düürer! Man frogt wi dornoh? Nicks — Paket mutt sien, sünd wie jem nu mol schullig! Wüllt keen Dank un nicks. Blots 'n Beleg för de Stüür — kann 'n jo woll ok verlangen, nich? Dat doch woll tominnst —. So licht hebbt wi dat jo ok nich hatt, un satt to eten hebbt de doch dor, oder? Meen ick doch. Neenee. Jojo.
Un dat will ick di ok noch seggen: Glöövst du, datt sick ok blots een Minsch so üm mi kümmern deit as ick? Tjähä, mien Jung, so süht dat ut! Ick loop dor denn rüm inne Gegend un gruvel mi wat trecht — wenn se dat man all maken deen, denn . . . wat seggst du — denn wurr dat buten bannig vull sien üm düsse Tiet —?

Typisch. Echt typisch. Maak mi hier deepe Gedanken un Sorgen und du blots mit düsse ätzende Flachseree op los — neenee, allens to sien Tiet, hörst woll?
Wiehnachten is keen Jux un Tolleree, du — dat laat di mol seggt sien! Tjäwoll — vun mi! Weeßt du överhaupt wo old ick bün, wat? Na —? Mi makst du nicks mehr vör, du nich! Ick weet, wat ick weet! Un wenn ick hier vertell, woveel Noot dat in de Welt gifft, denn hest du hier nich rümtofaxen un dummerhaftig to räsonneern! Glöövst du, mi makt dat Spoß, elkeen Wiehnachten so 'n Steen an 'n Harten to föhlen? Man ick jammer nich rüm. Du, ick gah dor gegenan! Un wenn afsluut nicks hölpt, denn schenk ick mi glieks tohuus 'n stiefen Grog in, un de Welt süht furts ganz anners ut! Kann ick di blots to raten!
Wat is — du hest keen Rum? Jo, nu hör aber op — allens kann ick jo nu ok nich — eerst mak ick mi Sorgen un denn ok noch dien 'n Grog —? Nee, wüllt de Kark man fein in 't Dörp laten! Denn dor gaht wi hüüt obend wiss noch hen. As Dessert, sotoseggen . . .

Organisatschoon mit lütte Macken

He bleev 'n Ogenblick stahn un holl sick an 'n Breefkasten fast. In sien'n Kopp dee dat wummern, un ofschoonst 'n kolten Wind em dörch den Mantel fohr, harr he dat Geföhl, datt de Sweet blots so an em dallopen dee. He kraam in sien Tasch nah de Tabletten un mark, he harr jem bi den lesten Kunnen in'n Treppenhuus liggen laten. Poor Schritt wieder weer 'n Huusingang, he tapp dor hen un sett sick op de Trepp — blots beten verpusten.

Bi dat Fummeln nah de Tabletten harr he den Wisch wedder in de Finger kregen: „Reklamationen"!!

De köönt mi mol fix . . . brummel he vör sick hen, schullen se doch 'n poor mehr instellen, ick heff ok blots twee Fööt!

Man argerlich weer dat doch — de Bezirke Twee, Söben un Dörteihn harrn öberhaupt nicks kregen düttmol, un em harrn se dat in de Schöh schaven — wo he sick al as dull afmarachen dä, Dag un Nacht, un keem dor liekers nich achteran; de Kunnen hier weern eenfach to un to krüüsch, kunnen de Nees eenfach nich vullkriegen —. Dor kunn he sabbeln, so veel as he wull, vunwegen ok mol an de annern denken un mol een trüchsteken — nicks.

He wunner sick öber sien 'n Chef . . . Is al wat tüterig worrn, dach he, anners wurr he nich so veele Kunnen vergrellen, blots üm datt 'n poor Spinner satt un tofreen wiederdröömt . . .

He harr den Laden anners organiseert; man op em hör jo doch keeneen —. Un dorbi weer dat doch so licht, de Fabrikatschoon leep op vulle Touren, noog för all, ok för de Reklamat-

schonen ut de Bezirke Twee, Söben un . . . woneem weer Bezirk Twee man noch —? Achso — jo, Indien . . . un Söben weer Viet . . . Hölpt jo doch nicks, dach he, mutt tokieken, datt ick öber de Runnen kumm . . .
He rappel sick hoch. Wenn blots dat Hart nich jümmers . . . bruk wedder Tabletten . . . na, is jo bald Fierobend —.
He swüng sick den groten Büdel wedder öber un stapp langsom de leddige Mönckebergstraat dal, hüüt an'n Hilligenobend, Klock Acht; sien roden Mantel flatter in'n Wind, un de witte Boort weih em öber de Schuller. De Lichtgirlannen klicken liesen, un de Wiehnachtsmann full wedder in sien'n Trott —.
Tokamen Johr wull he aber doch mol versöken, de Organisatschoon wat beter in'n Greep to kriegen . . .
Man so recht glööv he dor nich an.

Fixers Wiehnacht

Leeve, goode Wiehnachtsmann,
kiek mi nich so truurig an!
Ick will ok jümmers artig ween
un nich mehr haschen — kannst op speen!

Blots hüüt an 'n Hilligobend, bitte sehr:
Een Schuß noch, denn ick kann nich mehr!
Denn sing ick ok vun 'n Dannenboom
un fier Wiehnachten — tominnst in 'n Droom.

Mien Fründin mit ehr Engelshoor
is denn Maria, dat is klor.
Dree Könige bringt dat un dütt,
Maria freit sick öber 'n niege Sprütt.

Un wenn 't verlövt is, Wiehnachtsmann —
denn kiek di allens penibel an!
Un frog dien 'n Chef in 'n langen Breef:
Dat witte Pulver — wiest sick so sien Leev —?

Nahbleven

Dick un plusterig danz de witte Glittersnee an't Finster vörbi. Dörch den schummerigen Hilligobend klüngen as dörch Watt de Karkenglocken, un vun de Straat ünnen weern de fröhlichen Stimmen vun Minschen to hören, de woll op Wiehnachtsbesök güngen —.
An de Döör vun de Gode Stuuv, de Wiehnachtsstuuv, kunn he dat liese Trappeln vun lütte Kinnerfööt hören, Ruscheln, Gniggern, tapp-tapp. Denn ut de Köök Hanne ehr Lamenteern: Nee aber ok — wüllt ji woll maken, datt ji rutkaamt hier? Glieks kümmt Oma un Opa un ick heff de Goos noch in'n Ofen . . . nicks as rut, ji Rabauken!
He lach vör sick hen. So weer se jümmers, sien Hanne, elkeen Wiehnachten de sülvige Opregung un denn laterto doch allens so wunnerbor . . . ah, wat dat al rüken dee . . . He lehn sick trüch op't Sofa un gütt sick noch 'n Sluck vun den goden Roodwien in. De Kringen vun sien Fierdagszigarr seilen licht un beberig op den bunten Dannenboom to un de drallen Engels mang de sworen Twiegen posaunen ut vull Backen achter jem ran. Dorto knister un knack de roodglöhnige Oven un de Warms kröp em kommodig den Rüch dal un he föhl se heel düütlich in sick, de Freid un dat deepe Rohen vun Freden un Leev —. An de Huusdöör bimmel dat nu — luud un lustig. Ut Rand un Band schesen de Kinner an de Döör un he kunn al sien Vadder hören mit den Brummelbaß un wo he sick op de Dööns den Paletot afklopp, un denn de Gören ehr Gejuche mit Oma hier un Oma dor . . .

Dor keemen se ok al rin in de Stuuv un mit jem beten wat vun Snee un Ies, un nu stunnen furts veer Glöös op'n Disch. Denn nicks is so gefohrvull as Snööv an'n Wiehnachtsobend! lach sien Vadder, wieldess Oma nootwennig de Goos in de Köök inspizeern müss un denn glieks 'n Druppen för Hanne mitneem. He seeg sien Vadder in den groten Lehnstohl sitten un dach bi sick: Goot, datt he bi uns is . . .
Man denn weern de Kinner reinweg as dull un sien Fruu keem rin mit 'n hoogroden Kopp un lach em to — nu schull dat aber ok losgahn mit de Bescherung!
Na, denn wüllt wi man mol . . . de Lichten deen brennen, de lüürlütte Klock bimmel un reep un dor stunnen se all tohoop un nüms wüss, wat he sick beters wünschen kunn. Em weer, as kunn he gor nich noog in sick opnehmen vun all dat Lüchten. Hanne keem to em, geev em 'n Söten un se stunnen dor eenfach un allens weer goot . . . He föhl ehr in sien Arm un dach: Wo schöön, dat allens . . .
Im Norden Schneefälle, vermischt mit Regen; Höchsttemperaturen um sieben Grad, örtlich unter dem Gefrierpunkt bis Minus drei Grad. Die Vorhersage für morgen, den 25. Dezember: Weiterhin unbeständig mit Gefahr von Glatteisbildung. Das war unser heutiges Programm, das Programm für morgen entnehmen Sie bitte den nachfolgenden Schrifttafeln. Gute Nacht.
He stier op de Mattschiev. De kole Piep leeg vör em op'n Bodden. Regen platter an de Finster. Dat Licht op den Dannenstrünken weer op'n Rest, em weer kold. He stöhn 'n beten vör sick hen, as he sick hoogtrock ut den ollen Korvstohl un slurv in de duster Köök. Dat Eten, dat em de Fruu vun de Fürsorg al

meddags brocht harr, stunn op den Kökendisch, un he sett sick daal un lepel in den Blechpott vull Kantüffeln, Fleesch un Sooß rüm. Denn leeg he den Lepel wedder hen un keek lang vör sick an de Wand.
Allens weer still üm em rüm. Sogor de Klock an de Wand weer stahnbleven, tick nich mehr.
Stahnbleven . . . grummel he, allens stahnbleven, jo jo . . . He mark, wat em dat Kole, dat, wat woll fröher, veel fröher mol Hilligobend west weer, wat em dat de Been hoogsteeg un he schüddel sick. Langsom stunn he op un güng to den Haken an de Döör, 'neem sien griesen Paletot hüng. He trock em an un möh sick de Treppen daal nah buten. De Huusdöör bleev open un blarr liesen in de Angel. Man dat höör he woll nich mehr.

Op'n Rest . . .

Also hüüt ward wi dat jo erst so richtig gewohr, wat dor allens so nahbleeven is vun Wiehnachten! Kannst meist een toveel bi kriegen, wenn di dat so ankiekst!
Ick meen, Wiehnachten is jo schön, so mit „Kling Glöckchen, klingelingeling" un blanke Kinnerogen, Dannenboom un lecker Göösbroten — dat jo! Man denn . . . nah Wiehnachten . . . oha: denn sittst dor mit an: Mit den Dannenboom un de fievdusend Nadels, de di noch in'n August pieken doot, wenn du di op dat Sofa smittst; mit den Barg Poppeer, Tüdelband un Kisten un Kasten; mit de Kerzenstummel, dat Smolt vun de Göös, dat Gerippe vun den Puterbroten, de Kekse vun Tant Anna, de al wat week sünd, de Nötschalen un so wieder un so wieder . . .
Tjä — wat nu? Wat makst dor mit?
Klor — kannst allens wegsmieten, op'n Müll, oder kannst ok fein Smolt maken ut dat Göösfett un di dor denn an delekteeren bit April, un kannst dat Poppeer fein tosamenfollen, för nächste Wiehnachten — klor, kannst allens moken, man — is dat nich aarig langwielig? Wat?
Nee, schall mi doch mol verlangen, dor mol wat anners mit optostellen — mol heel wat anners!
Ick heff dor mit mien Klass in de School öber snackt, un dat magst meist nich glöven, op wat se so allens kamen sünd!
De Nöötschalen vun de Wallnööt, to'n Bispill, seggt Andreas, de kunn een bruken för de Kat ehr Poten, wenn dat glatt buten is, so as Glidderschöh sotoseggen, de hebbt jüst dat rechte

Format, un em harr dat al bannig leed doon, datt de Kinner to Wiehnachten so fein Slittschöh kriegt un dor denn op rumkariolt un de Katten staht dorbi un hebbt rein gor nicks an de Fööt!
Ach, un denn dat Fett vun de Göös, meen Patricia, wenn een keen Smolt mag, denn is dat jo wunnerbor to'n Afschminken, dor bruukt een jo sowat to un dorto rüükt dat ok noch besünners goot, wenn di dat üm de Nees smeerst!
Un denn hebbt se ok noch meent, se wullen de ollen, drögen Kekse, de nüms mehr eten mag, de wullen se vör de Dör streuen, bi Glattiis, üm datt nüms sick de Flünken breken deit, tjawoll, so sünd uns Kinner! Un wenn de Vagels de Krümels denn oppickt, denn is dat ümso beter: Eenmol sünd de Piepers denn jo satt, un to'n annern kratzt se bi't Rümhoppeln dat Iis kaputt un de Lüüd köönt dor nich mehr op to Fall kamen!
Dor kunn ick jo nu nich still swiegen, un heff denn vörslagen, dat Gerippe vun de Göös oder den Puter, dat weer 'n feinen Obstkorv, un de Gäst to Silvester, de schullen elkeen 'n lütte Ripp vun de Göös kriegen, fein versilbert, so as Smuckstück, an'n Revers to drägen . . .
Süh, dat 's mol ganz wat anners.
Man wat makst mit den Adventskranz? Na? Süht de nich gräsig ut? Ganz mit ohne Nadels?
Kiek, un dor heff ick mi ok wat infallen laten, denn dat is jo op keenen Fall ökonomisch, Johr för Johr 'n niegen Kranz to köpen, blots wiel datt de Dann nah de veer Weeken drög is un affallt: Köpst di eenfach 'n Kring ut Schaumstoff, so in dat Format vun'n Adventskranz. Düssen Krieg sniddst eenmol dörch, so as 'n Rundstück, üm datt du denn twee Kringen hest. Düsse

Kringen, de ward denn utkratzt bit dat se holl sünd, und dor packst denn dien Adventskranz mitsamt de Kugels un Lichten rin und backst de twee Halven wedder opnanner. So. Vun buten kannst denn jo nicks mehr sehn vun den Adventskranz, man vun binnen, oha, dor blifft he denn egolweg smuck un nett — bruukst di dat blots düchtig vörtostellen! Un hest dor ümmer wedder wat vun, op Jahrenden! Un kann nich nadeln, keen Wachs kleckert op'n Teppich un de Kugels gaht nich twei!

Also nich vergeten: Nächsten Wiehnachten sünd wi op Droht, nich?

Un keen noch 'n betern Infall hett, de seggt mi furts Bescheed!

Allens klor?

Weeßt noch, Leefste —?

Weeßt noch, wo ick dor tofällig vörbikäm? Bi den Platterregen domols, un wull eegens gor nich stahnblieven, wat? Ick heff di jo nie nich fraagt, wat du nu würklich wenkt hest, man so kann ick mi doch nich verdoon hebben! Wiss un wohrhaftig hest du mi ut dien Eck towenkt, so op dien eegen, lütt beten stickelig-charmante Art . . . Leev op'n eersten Blick? Gott bewohr mi — man blots nich! Dor wüss ick wat Beters, hahaha — man liekers, du hest mi jo woll reinweg verhext, dücht mi —. So kunn ick eenfach nich anners, heff di glieks in'n Arm nahmen un denn nicks as nah Huus, in de warm Stuuv. Un wat hebbt wi uns dat kommodig makt, wat? Ach Leefste — ick seh di noch vör mi, as wär dat güstern west, so rank un slank . . . un ick kunn un kunn nich wedder wegkieken vun di — un al mol gor nich kunn ick den Ruch vergeten, den du an di harrst — dat löppt mi nu noch den Puckel rünner, wenn ick dor an denken do! Jo, un woans kunn ick dat beter dütlich maken, wo leef ick di harr, wenn nich mit de smucken Saken, mit de ick di utstaffeeren dä? Hest di freit domols, mien lütte Stolte? An leevsten harr ick di jo allerwegens mit hennahmen, so smuck, as du utsähst — man du wullst jo partout tohuus blieven! Un dorbi harr di dat so goot daan, mol an de frische Luft to sien!

Tjä, mien Sööte, nu is 't to laat . . . dor hölpt di ok de feine Striptease nicks, den du mi vörhen op'n Balkon henleggt hest! So 'n slanke Dann un denn keen Nadels — wokeen mag sowat lieden?

Tschüs, mien leeven Dannenboom, acht Weken heff ick op düssen Ogenblick tövt – nu tövt dien Sperrmülltaxi op di!

Inhalt